元·釋善住 撰

谷響集

中國書店

詳校官編修臣周瓊

臣紀昀覆勘

欽定四庫全書　　集部五

谷響集　　別集類四　元

提要

臣等謹案谷響集三卷元釋善住撰善住字無住別號雲屋嘗居吳郡城之報恩寺往來吳淞江上與仇遠白珽虞集宋无諸人相酬唱遠贈詩有云閶門北去山如畫有日同師步翠微无答其見寄詩亦有句妙唐風在之

語其契好之深可以想見集中癸亥歲寓居錢塘千頃寺述懷詩有高閣工書三十年句從英宗至治三年癸亥上推三十年為世祖至元三十一年甲午距宋亡僅十四年其贈隱者詩有對食慙周粟紉衣尚楚蘭句蓋猶及見宋之遺老故所作頗能不失矩矱觀其論詩有云典雅始成唐句法麤豪終有宋人風命意極為不凡及核其篇什則但工近體

大抵以清雋琱琢為事頗近四靈江湖之派終不脫宋人窠臼所言未免涉於過高然其秀骨天成絶無蔬筍之氣佳處亦未易及在當時詩僧中固宜為屈一指也乾隆四十九年三月恭校上

總纂官臣紀昀臣陸錫熊臣孫士毅

總校官臣陸費墀

欽定四庫全書

谷響集卷一

元　釋善住　撰

五言律詩

石湖楞伽寺

寺占石湖上地幽人境清樹影掃不去苔痕踏又生日午鼓鐘寂年深臺殿傾覽勝偶來此但聞春鳥鳴

晨興

幾溝霜欲滿殘月已沉西一枕浮生夢數聲鄰閙雞江橋船未發水驛馬頻嘶東旭光芒動塵埃處處迷

莫行牛角隝中

側足入幽隝松深蘚石斑夕陽初過嶺樵子又登山澗水流不歇秋雲去復還即應來此地結屋翠微間

龍興寺用唐綦毋潛韻

嶶額唐朝賜還將表寺扉塵侵碑上字風落樹間衣佛燭晝燄短刹旛晴影微靈烏因得食時並晝檐飛

秋居

栖遲寄窮巷不異住荒村寒草生枯樹秋苔上敗垣衆山皆遶郭一水獨當門抱甕非吾事乘閒學灌園

有懷

短髮已垂素淒涼道尚孤民間有苛政天下是窮途白骨堪重肉青山豈免租空將釣竿手舟檝並江湖

寄如鏡師

舊房拋已久不得共爲鄰白髮坐深夜青燈懷故人鸛

鳴孤塔雨花發小園春我欲西湖去從師一問津

寫真

浮雲類我身形景暫相親見處若不徹傳來郁得眞問年空老大多病減精神畫向麒麟閣都非我輩人

九日次韻

雨洗遥空淨殘陽雁景新秋山動高興古木倚閒身岸石白於雪水楓紅似春王弘千載酒此日送何人

秋日野望

寂歷村橋畔夷猶野望時路長征騎疾風定去䬞遲城晚牛羊下天秋草木衰數聲何處笛渺渺隔烟吹

贈隱者

生無軒冕志老不釋漁竿對食慙周粟紉衣尚楚蘭江城猶雨雪花柳政春寒窮達皆由命初非行路難

夕陽

荏苒廹崦嵫餘暉還更遲空山縣古木深竹映荒祠野望思家遠江行怯路危亂鴉歸盡處腸斷在天涯

夜過山寺

夜永諸品靜悄然人不逢千山萬山月一聲兩聲鐘野露濕煙草瀑泉滴雲松足倦未遑息招提在西峯

悼隱者

昭代徵賢急丘園尚考槃安知新宇宙猶有故衣冠訓子芝庭曉譚玄水寺寒遥憐隨化盡泉戶夜湯湯

秋夕懷古

抱疾卧長夜愁心那可降蛩聲寒並枕月色冷侵窻賈

傅弔湘水杜陵哀曲江空懐千古恨無語對秋釭

秋色

漠漠混空際遥遥接水濵淒凉連白鳥瀟灑滿青蘋不礙古今路能隨南北人西風吹欲老楓葉醉於春

鄧隱君牧

標格類孤鶴翩然獨往還彈琴坐白石把酒對青山鬚鬢經年改身心竟日閒料知塵世事無復得相關

書空山壁

選得雲深處翛然獨掩關春風思故里夜雨夢他山坐
石逢花落看松見鶴還都緣了喧寂忘却在人間

九日

高臨深雲裏江湖罷問津寒花應佳節濁酒醉何人風
雨兼秋思乾坤獨老身一聲新過雁不覺淚沾巾

再用前韻

世波方浩渺引領欲迷津谷口多高譽山陽無故人風
霜催短鬢泉石繫閒身心結還應解空悲花疊巾

送人往江西

野外秋將莫征涂更寂寥孤舟萬里客幾日九江潮木
落煙波闊猨啼領樹遥遠公靈塔在柏子莫辭燒

聽琴

世無鍾子耳山水竟誰分妙指若不識希聲那可聞鴈
啼秋塞月猿嘯晚峯雲宇内馳名者惟師獨出羣

鴈景

衡風起沙際波面見斜飛迢遞横秋色高低亂夕暉天

空江路遠野曠旅人稀猶憶支筇看蘋花滿釣磯

送人之冷泉

茲游無伴侶遠樹獨依依日落征帆急天寒過客稀斷雲隨竹錫殘雪照麻衣應渡西湖去聞鐘入翠微

荆軻

壯氣干牛斗孤懷凛雪霜只知酬太子不道負田光易水悲歌歇秦庭俠骨香千金求匕首身後竟茫茫

秋夕

高梧初下葉深壁已啼螿劍閣來書斷函關去路長蔣

田傷夏潦荒圃怯秋陽夢覺中宵月紛紛滿屋梁

幻住草廬

出郭無多路翛然遠俗氛春流上高岸野日照荒墳屋

老惟生草山晴不起雲長年棲此地世事未曾聞

送無學之龍游

吳天秋欲莫之子更何之此別非千里重逢是幾時鐘

聲出谷靜帆景度江遲禪暇看題壁摩抄張祜詩

寄天目隱者

獨住西峯頂寥寥誰與同晝燈昏嶽雨夜磬隱松風古澗流寒碧幽花墮晚紅更無塵事擾終日白雲中

送羽人還金華

鶴氅華陽巾碧瞳光照人乾坤三尺劍雲水一生身杜宇空山莫桃花古洞春石壇歸去後松月夜朝眞

楊花

池塘春欲莫散漫復霏微未得為萍去先來作雪飛帶

泥粘燕觜和雨點人衣鄉晚東風急飄零無所歸

送法界二兄歸侍師

二子芝蘭秀君應道不孤路傍還弃櫟屋上且瞻烏殘日下高木秋風吹太湖南歸侍巾舄不是為蓴鱸

寄無照

不鄉峨峯住還尋舊隱歸蒼苔生地徧白日出門稀竹月侵虛几茶煙上淨衣江湖曾有約顧子莫相違

古道

古道久榛塞今朝始廓然乾坤新雨露夷夏舊山川世上無周鼎民間有漢錢不須聞擊壤已是太平年

游石湖諸寺得黄字

輟棹事登陟湖山春日黄風暄花氣重嵓靜緑陰涼石色兼苔古松聲挾澗長未能窮勝絶半領已斜陽

次韻無照見寄

自從居此地疏懶得長閒花落琴書上泉生草石間雨聲寒遶樹野色靜連山苟不嫌荒僻來兹共掩關

書無學壁

淨室焚香坐心將萬境空夜窓山月白曉殿佛燈紅無

夢到天上有書來海東煮茶近道侶石鼎響松風

宿山寺

山寺夜逾靜雨餘涼氣浮明月上松頂高河橫屋頭疎

磬出林迥殘燈照像幽倦客正無寐寒蛩啼素秋

送白雲之鄞二首

遙遙東州路孤雲伴去蹤聖燈當夕見海舶近秋逢弱

水蓬萊島縣泉乳竇峯靜吟山月下何處倚長松

澤國東南郡迢迢接會稽人烟逢海斷山木與雲齊夜汲分波月晨征候店雞却愁孤錫返草暗竹房西

秋日有懷

道路限南北相思無已時夜深空入夢天闊斷來期水國燕歸盡關山鴈到遲秋風與離恨添得鬢成絲

次韻答人見寄

愛閒甘遁跡短鬢二毛侵幽吹生松子流泉入夜琴江

猿乘月聽野藥破雲尋幸有忘機者時來話近吟

次韻如鏡師見寄

日下空馳影松間好息陰遠山秋後瘦荒井雨餘深書篋慵儲藥經窓喜掛琴吳臺兼更近來此共幽尋

送人之江西

萬里孰相從輕包與短筇故交今日别新識異鄉逢風咽湓江雁雲沉嶽寺鐘兹游多勝刹何地寄高蹤

老僧

白髮竟不剃天寒懶下牀齒疎欣飯軟睡少畏更長語劇心猶壯年衰事易忘衆中論夏臘莫問幾青黄

書無功房

倦游歸故隱聊復寄閒心枕石聽松臥看山倚杖吟燈明春殿静鶴唳古廊深湖海知名者時來此訪尋

禮楞嚴大師塔

牢落城南寺眞軀鄉此藏看碑知歲月見樹憶興亡修竹當寒砌幽亭背夕陽壁間詩懶讀自炷几鑪香

秋夕

天高雲過盡落落見疏星月色絶秋白燈光入夜青細蛩鳴暗壁亂葉響空庭更愛嵓房靜重看未了經

無得訪宿

窮居誰肯到念子遠相過歲月今如此江湖意若何空庭寒氣重高樹夜聲多坐久疎鍾盡月明生薜蘿

歲晚三篇

蘭若依城市蕭條門巷深夜闌春漏斷窓近曉寒侵書

幌無燈火禪堂有磬音幾番清梵罷紅日上遥林

窮臘見春回荒園梅亦開曉煙迷郡郭寒日上樓臺吟

癖丹心苦年侵白髮催幽懷感時事臨睡欲興哀

陋巷寡輪鞅開門對翠屏氷銷春水緑雲盡晚山青嫋

嫋來孤遂熒熒見小星亂鴉栖已定猶自步閒庭

賦得聞琴送范揔管佑

萬籟聲初寂琅然彈正音自非鍾子耳誰識伯牙心急

雨翻秋澗寒風振夕林豈堪聞曲罷又動别離吟

蟋蟀

西風吹蟋蟀切切動哀音易入愁人耳難驚懶婦心寒燈孤館外秋雨古城陰聽極無由寐終宵費苦吟

寄無照

相思不可見撫景念離羣無酒難留客有詩堪寄君折花衣惹露題石筆粘雲更有中宵月清光可共今

次韻答白提舉見寄珽

默默抱冲襟閒庭草色深了無榮辱事寧有去來心待

月登溪閣彈琴坐竹林不知靈竺寺何日共幽尋

卧店

方滋送窮鬼山鬼又揚威熱極頻翻枕寒深數盖衣破窻秋氣重敗葉雨聲微夜久青童睡孤燈掩竹扉

贈陳隱君發

處士家何在花街近柳橋半生抛舊業獨夜憶前朝老景青燈遠春風白髮饒愛尋方外友時復到僧寮

鶴

梳翎看瘦影歲久頂門丹春晚眠莎暖秋深警露寒羣飛滄海闊孤立白雲寬昨夜山房外一聲驚夢殘

宿山寺次韻子封先生

暝投雲際寺深殿一燈微海底月已出山中僧未歸澗聲經雨急林影入秋稀明發尋征道還愁露濕衣

秋懷

漸漸身將老蕭然衹布衣白雲終日望蒼海幾時歸夜雨牕燈暗秋風木葉飛十年流落後兄弟信音稀

贈隱者

城郭無心入全家住草堂丹青陵顧陸翰墨謝鍾張野外耕春雨溪邊釣夕陽爾來思屏跡見客懶衣裳

寄友生

分違若未久相憶似多時後會將何日重來預作期夕風翻急浪寒月墮高枝寄語同人說詩翁鬢已絲

喜雨

凉生炎暑退風物競蕭騷數日更無雨三吳應不毛潮

回煙渚闊天豁月河高已報香秔熟空虛政可逃

悼友人

獨畱行道處仍與竹房鄰昔作煙霞侶今爲冥漠人孤燈寒雨夜殘月景堂春念爾無由見傷心淚滿巾

過比塔有感

重經栖息地歷覽思無窮古殿生春草長廊起夕風鳥啼深竹靜花落壞房空會學期全盛無因與昔同

雨中次韻

生涯存一鉢半世寄林丘夜雨若不歇春田應更愁亂雲埋島樹高浪激汀漚歲事誠難卜豐凶似可憂

晚望懷巖棲翁

晚望荒臺上孤筇手自持柳條攀雪重溪鳥遡風遲枯草春還發陰雲凍不移何當高世者來此共題詩

山菴

平生愛幽致況得共跏趺片月掛木末一峯當坐隅斷猿寒欲下驚鳥夜相呼世上耽名者還能到此無

寄題郊居

郊居遠塵境結屋枕滄波坐上見魚擲燈前聞雁過晴堤惟種柳秋圃半堆禾我欲攜笻去無由出薜蘿

贈無照

皎皎煙霞客飄飄雲水僧半生三事衲萬里一枝藤野澗尋猿度晴峯放鶴登它時佩心印又得繼南能

幻住草廬

夾徑列杉竹茅堂絶四鄰野僧秋不到明月夜相親林

靜鳥窺室泉清魚辟人何時離城市來此寄吟身

月夜聞篴有感

獨坐聞鄰笛悽然感昔游西風吹白月客子動清愁辟俗思求隱懷鄉欲上樓閒身看漸老此夕又逢秋

端居

端居無外事雅稱寂寥身厭踏黃埃路甘為白石鄰草長思遠客花落惜殘春幸有窻前月依依冷照人

次韻子封先生答山中僧

名山不肯住自欲老深雲鑿翠通虛牖鋤荒出壞墳花開留客醉果熟與猿分更莫逃幽隱音書難重聞

虎丘

緩步入林扉崎嶇一徑微亂蟬鳴古柳孤塔立斜暉講石苔侵徧生臺鳥下稀山雲念寥落檐外冷相依

遣興

身世事無限余生忝老何探梅逢雪盡出郭見山多葉脫鳥驚夢氷銷魚起波爾來思隱劇夜夜夢煙蘿

寄中峯長老

中峯峯頂寺長憶舊游時雲暝鶴歸急山深月到遲亂藤縣雨壁壞帛掛風枝終亦攜缾錫相從支遁師寺晉支遁禪師道場

林間

性懶難趨俗林間且息機卷簾逢客至倚杖見僧歸琴響泉流砌香浮雲滿衣幾年居此地鄰閈識人稀

山中夜集

焚香坐送夜滿目是同人泉石三生友萍蓬百歲身松鳴疑作雨花發似偷春後會知何日清言莫厭頻

横塘般若寺

相傳般若寺建立自唐朝一水門前隔數峯天外遥堂虚松韻集殿冷磬聲消後夜空山月歸僧度石橋

治平寺

野寺知名久因來得暫登澗松風瑟瑟山路石層層雲護看經室紗籠照像燈幽人終解事煮茗接閒僧

寶積寺

花宫隱翠微路轉見嵓扉荒址遺鍾在斷廊殘苹飛石池龍去久松樹鶴來稀愁絶空王殿凄凉撿夕暉

無得見訪

結菴依陋巷門徑冷蕭蕭放鶴看雲久尋山出郭遥雨添新緑漲春逐亂紅銷不是同懐者誰能訪寂寥

霜葉

霜後色初變風高始亂零和雲流逺澗雜雨下空庭掃

處兼僧景燒時帶鶴翎翻思在春日繞屋政青青

夜懷

舊山歸未得時展沃洲圖白髮老還有黃塵夢獨無陰蟲侵夜急寒月鄉人孤身外生涯在銅缾與瓦盂

宿市涇積慶寺

古寺並溪邊閒來假榻眠亂蟲啼夜月垂柳裊晴煙馬驛三州路風颿幾處船明朝又歸去重到是何年

送中上人歸里

相畱已無計欲別手重攜客路連愁遠鄉山入望低野
花秋寂歷江草晚淒迷舊隱重歸日寒螿夜夜啼

次韻送前人

旅館政蕭條孤城秋氣饒歸心縣水寺別夢遶河橋塞
北鴻初至江南柳半凋悠悠片帆去望極欲魂銷

比塔秋居

地僻人來少門閒草自長霜風催落木秋雨暗殘陽濕
菌生枯栟愁鵠立壞牆若非便寂者應是厭淒涼

重過積慶寺

此夕知何夕青燈喜復同荒堦填落葉野色侵寒空坐久樹生月語闌江轉風幽懷兩相契殊不厭飄蓬

酬大拙見寄

結屋並雲林塵蹤豈易尋自非超世者寧有愛山心石洞煙霞古砂岡草樹深一聲秋夜磬涼月滿遥岑

送白无咎歸錢唐

蘇杭三百里強半水為程野岸東風急春山落照明依

微村樹遠出没浦鷗輕别後空相憶迢迢隔鳳城

感事

野性難拘束孤蹤任卷舒交情如乍見至老可同居落葉兼風掃寒花帶雨鉏白雲無一事終日在吾廬

宿積慶寺

黄埃飛不到四壁抱清虛窓影柳揺月溪聲獺捕魚過橋官馬路隔水野人居幾度曽來此中宵得晏如

秋夜獨坐

解帶坐盤石翛然四體輕夜涼蛩語細天淨月華清孤燭明深殿哀笳起廢城寥寥塵境外誰識此時情

夜懷

新詩徒自愛擬誦有誰聽半世髮已白何人眼為青歲窮風落木夜久月侵庭多少塵埃者槐宮夢未醒

往事

往事都成夢空餘頂上霜鶯花春澹蕩風雨夜淒涼燈景搖虛壁鐘聲隱古廊愁深不能寐清淚欲沾裳

庚戌三月二十日之作

雲暝狂風急重城起暗塵疾雷驚過鳥飛雹打行人溜積半庭水花飄满地春韶華政愁莫對此欲傷神

次韻登石城

振策登危堞東風雁北歸清江愁外闊遠樹望中微草色和煙重鶯聲帶雨稀緬懷千古事客淚墮麻衣

貽沈肖鑑

栽蘭仍種竹瀟洒隔塵寰入户疑無地開窓喜有山心

隨書畫老身與水雲閒家事從兒了風流共往還第五六白又云丹青資隱逸詩酒伴清閒

過昆承湖

引領望不極清寒襲敝袍春雲連野暗晚浪帶風高斷岸餘葭葦長空絕羽毛都緣倦行役但覺此心勞

舟行夜泊

旅泊近黄昏田家盡掩門亂雲垂迴野破月照荒村古木無春意平原有燒痕客愁眠不得達曙動吟魂

登甘露寺樓

樓壓層厓險登臨竦骨毛地虛淮海近天静斗牛高狠石埋幽草踈鐘荅莫濤蕪城吹角罷白鳥下江臯

寒食遊虎丘次韻

此日逢寒食靈蹤得徧探遠村消宿靄層巘漲晴嵐草色千人石松聲百尺潭冥冥雲際鴈又欲別江南

合路道中

此路何年有扁舟幾度過晚煙青草岸春雨白鷗波野

寺樓臺小江村花柳多客懷無可柰誰唱采菱歌

寄宋子虛二首

抱志惟端默懷才慕隱淪風霜先入鬢雨露未霑身高卧樓頭月閒行郭外春幾番因讀易潄齒裹烏巾

儒釋門雖異詩書味頗同有心依澗壑無意謁王公年鼎篆煙碧夜燈花穗紅曾聞少年日幾度過遼東

送正化士之三韓

去路渺無際承恩豈憚賒神山鼇柱穩靈海蜃樓斜天

黑迷寒雨波紅映曉霞船帆才次岸又覲梵王家

題如公景堂

師年八十餘去住兩如如幽圃新栽竹清池舊養魚月明花露重秋晚柳陰踈猶憶東軒下焚薌誦竺書

陪范總管遊桃隖别後見寄以詩遂依韻答之

遠尋方外客野步遶荒城喬木侵雲直孤舟隔岸横行春酬逸興坐石話閒情風物雖然好人煙惜變更

愛閒居士

自愛清閒好何心問市朝制齡思種鞠賞靜厭縣瓢坐
石釣秋水尋梅過野橋近來吟鬢白毋訝遠公招

送人歸松陵

君仍歸故里教我若為情後夜同明月長年隔古城江
颿隨雁遠戍角入雲清柳下維孤艇諸峯入望橫

夜懷

風高木葉乾院靜夜燈殘窮獨宜長健支離苦作寒卑
辭近客易直道置身難舊有青琴在塵埃莫可彈

次韻白提舉

南歸初下馬相見白頭新語笑清於舊風霜老此身一聯落梅句萬代補騷人長鄉西湖住優游兩季眞

丙辰十二月雪中縣官踵門貸粟因而有作

脈脈擁書坐閒門爵可羅寒威當晚重雪意向春多饑烏下高木殘氷流斷河縣官煩貸粟窘乏欲如何

丁巳元日

四十今朝是余生未有涯寸心曾不白短鬢已先華落

落攀天驥悠悠夢海槎坐看殘臘盡空憶早梅花

寄顧秀才

長憶顧非熊新春尚未逢曾同坐盤石相對話諸峯風

撼紫荆樹雪埋青雲松翻身躍桃浪不日化為龍

首夏遊桃隝得濃字

桃隝春歸後閒行野興濃草深迷舊路城闕見遙峯養

竹多留筍栽花少種松伊余皆静者吟賞且從容

東郊即事次韻

墟落暫依止回頭冬已闌閒田秋雨廢深港莫濤寒白
屋貧來老黄茅燒後殘農人半流淚應歎别離難

嘉定顯慶寺

巉櫂逢精舍松扉晝不扃莫雲兼雨黒寒樹帶煙青鳥
散庭還静龍歸水自靈爽回未能去石壇語風鈴

書田家壁

自憐無舊業投老事鉏犂地瘦畦蔬短家貧草屋低月
寒烏遶樹風急浪翻堤猶憶兒童日曾經住水西

歲莫道中次巖棲翁韻

冬深百草黃遊子政悲涼野岸霜來滑林風晚後狂吳山雲作蓋江國水為鄉既有棲遲處毋令三徑荒

種竹

閒房少幽致徙竹近窗栽白日何人到清風滿坐來亂聲鳴晚雨寒影掃秋砦却憶香巖叟寥寥去不回

次韻山村仇先生六首

老去行藏定誰能更倚樓一杯新白酒千載故清秋野

寺穿雲入田家帶雨留少年曾翫月健倒屋東頭
身前書萬卷豈得是全貧已識蕉隍夢還喧櫟社神鶯
花娛白髮泉石送青春幸有相知者中宵月一輪
冷官雖不調心跡喜雙清自向南陽卧誰聯東閣情籬
邊黃鞠老鏡裏白髭生行輩凋零後長懷舊弟兄
此夕不長好如何今夕晴蟾光閒獨對花漏惜頻更老
鶴松頭卧疏星殿角明最欣羣動息隔屋有書聲
愛閒非傲世詩酒老清時叢桂歌招隱荒宫賦黍離村

橋將鶴度湖艇趁漁移盡道黄金好無人鑄子期

詩翁猶水北演老自山東巾屨風流異林泉氣味同散

行逢瘦馬獨立見長虹屋外蛛絲巧初非造化工

過人幽居

城郭居來久因吟與俗分琴聲宜月色劍氣應星文酒

對山妻酌鶯兼稚子聞門前利名路車馬自紛紛

山居二首

為得幽栖趣身名自兩忘倚松山衲濕洗藥野泉香嵒

靜綠陰合林深白日長罷吟閒獨立一鳥下蒼茫

結茆藏倦跡四壁但蕭然果熟防猿過庭閒任鹿眠漱缾秋澗側掃葉夕陽邊贏得無塵事雲山到處禪

餘生

短鬢霜侵久餘生懶問交愛閒忘俯仰養靜倦推敲花露懸蛛網芹泥落燕巢有時幽興劇扶杖出衡茅

草

偶得東風力青青補燒痕宦遊傷客思醉卧醒吟魂廢

塚埋殘碣荒原接近村如何千古上為爾憶王孫

贈羽人

白髮倦巾櫛客來無禮容愛山思疊石辟穀學飡松林静分朝磬雲深隱莫鍾桃源在何許我欲問仙蹤

送彥上人歸雪川

茗水來天目春深應更清獨行山徑裏到處杜鵑聲亂草侵衣綠殘陽隔樹明何當縛茅舍遁跡度餘生

無照約余過雙峩首寄以詩遂次其韻答之

相將莪石下緩步復吟哦古壁畫龍象陰窓蔓薜蘿樹枯生意盡僧老道心多獨有余兼爾時時得共過

閒居

掩室依城曲身閒足自寬地經梅雨潤天近麥秋寒金石琴中奏雲山畫裏看如何瀛海內塵土日漫漫

山中秋夜

寂寞空山夜裴回何所從穿雲扶瘦竹待月倚長松雨過澗聲急林深秋氣濃孤吟猶未穏收篴起前峯

懷南遊者

忽憶南征侶迢迢荆楚間江城羣木落筇杖幾時還歲晚心空切鄉遥夢自閒名山知歷徧終老别離顔

人有與余為西湖之約者久而不報因以二詩促之

佳期曾不遠幽事試先論既踏蘇堤月還看越嶠雲春船應共載夜榻可同分行李須當戒緘辭報爾聞

久有西湖約不知能去不一身成老大兩地憶交遊野

岸春姿動江橋霽色浮此行如可共毋惜槳蘭舟

人日舟中

客裏逢人日如何天亦陰舟行還慮雨夜宿莫沾襟野水來赤岸春風過皂林清遊本無悶覓句強勞心

雨夜宿崇德南栅

落日天涯雨修程那可登水邊聞擊柝木末見懸燈夕吹狂還歇春雲亂欲崩船牕作兮卧我亦竟何曾

臨平道中

聞説臨平路扁舟此度過旅情隨水遠詩思見山多湖外無青草村邊有白鵝濛濛煙雨裏欹枕聽吳歌

錢唐客夜

旅寓困風雪愁心那可降夕陽傷短夢病骨怯高窓古柳依荒苑疎鐘徹舊江不眠歸思動無語對蘭釭

陪山村先生白提舉宅清集

展席當清晝憑軒野思饒茗隨屐齒陷雪入酒杯消看竹鶴先舞彈琴梅自飄風流餘二老相對話前朝

過西湖

小艇浮深碧悠悠返照間柳邊逢白鳥湖外見青山寺隔春城遠雲隨野水閒不知林處士幾度此中還

遊龍井

江郊雨初霽野興入孤筇白道行時盡青山到處逢寒泉鳴遠澗旭日照高松陰井空猶在如何不見龍

冷泉亭

一脈雲移出流來萬古長冷涵芳樹緑幽帶落花香馬

跡喧春晝猿聲弔夕陽不知遊此者誰解辨滄浪

送界上人還錢唐

春風吹柳條送別欲魂消花發清明近人行綠水遥猿聲靈竺雨颿影浙江潮却憶同遊處笙歌滿六橋

偶成

院落清陰合微風燕子過好花隨雨盡惡草入春多聲利青雲上空閒碧澗阿百年渾是夢身世欲如何路

出門皆可適何事獨輿哀固是分邪正争知絶去來雲霄還直上榛棘且低回又道長安市風埃聚作堆

除夕次韻山村先生二首

逗曉歳方盡争知春已還菜青憐客饋髭白笑人删陶陸雖歸社巢由豈買山平生攻苦意不是學疏頑

夜寒還附火齒冷必依脣鏡裏千堥雪城中數日春驅儺堪嚇鬼爆竹莫驚人與世誠迂闊餘生但任眞

清明山行次韻

灌木莫雅繁遊人取次還清泉煮茗匊高竹掛衣攀雲葉墮平地松濤起半山塵埃日擾擾浮世有誰閒

無照西園

鄢井希閒地名園到此深穿池伴野水種樹學山林鞠圃入秋色檜屏生晚陰悠然澹相對物我兩無心

郊行次韻

秋雨灑郊坰離離禾黍情見山銷客思問路憶鄉程鳥沒江天闊魚呈野水清不知來往者白首竟何成

秋思二首

林間香火暇每復事詩書伏櫪終憐馬臨淵不羨魚殘陽雲木淡朗月水天虛徑靜無來客蟲鳴秋草疎

蔬食聊存拙幽棲獨固窮城鴉歸晚色庭樹入秋風詩思塵埃外閒心磵壑中弋人空佇立無路問冥鴻

幽居

林間常獨掩深徑更多苔坡暖草爭出山寒雲未開澗花空自落溪鳥靜還來莫待重陽至先尋菊本栽

齋居次韻

蕭齋掩深晝四坐淨無埃汲井青衣出烹茶白足來㲘
爐連佛燭椶拂近香臺隱計還應遂山圖莫浪開

秋懷十首

涼風動寥廓庭下草初黃病骨知寒早愁懷覺夜長孤
城淹歲月重露迫衣裳黑髮渾無幾尤宜事退藏
茶香醒午夢爐篆散窻風淮北傷秋水江南見蚤鴻暢
懷非麴蘖遣興有絲桐久雨晴何日青山杳靄中

江城多净土鐘鼓自林泉老至雖多懶身閒似往年迎寒營紙閣趁暖玩韋編亦有煙波興淒凉上釣船

抆淚哀吾道傷心憶故園孤窮時易失老大我猶存日薄雲凝野秋深葉滿門澗阿雖自樂寤寐獨無言

思苦心益苦冥搜我獨知木雞終解語畫餅豈充饑聽雨卧秋榻觀魚遶石池閒中書可讀出户亦遲遲

顧景每獨笑無營秖賦詩心勞頭白早秋晚葉黄遲冷坐倦來客溫尋愧古師雙雙堦下蝶香醉菊花枝

砌冷候蟲急燈昏幽夢長秋風吹草木天氣入淒涼門
掩荒城月鴉啼古堞霜無成今白首身世轉堪傷
駸駸已遲莫吾道入衰微浮俗惟鮮食空門自衲衣邊
鴻先社至蒲柳望秋飛坐對中宵月寥寥何所依
磵曲獨盤旋人間事屢遷艱難銷壯志衰朽惜殘年世
有還珠浦生無種玉田歸來華表鶴亦勸學金仙
抱景坐虛室翛然誰與同像金輝夕燭檻鐵響天風汛
大潮應灩林深葉未空江南秋欲老腸斷北來鴻

野鞠

野菊隱寒草秋來花自芳淒涼逢莫雨浩蕩憶重陽五柳辭榮久三閭別恨長東籬無夢到珍重付啼螿

山居二首

結茅隣虎豹食麨度朝昏衆水自歸壑一峯常對門秋河明樹頂陰澗響雲根樵獵徒瞻望煙蘿莫可捫

钁頭雖柄短深谷可開畬掃葉林風急擔泉野日斜髮長寒不剃帽破裹堪遮猶憶來居此因循歲月賒

田家

秋晚豈宜雨田家但愛晴辛勤事東作日夕望西成社酒兼兒醉新吹滿室馨紛紛理禾黍不覺曙鴉鳴

書卧雲室

名遂身還退優游足卧雲市聲深巷隔塵跡斷河分竹露晴猶滴荷香靜始聞齋餘無一事閒讀古人文

曉思

鷄聲鳴不住花漏滴初沈残月依松牖新寒到楮衾燕

歸秋亦老霜降水猶深欲識栖閒意牀頭有綠琴

辛酉歲莫

歲晏雪未落雲深山易昏雨聲浮几席野色隱蓬門芳信傳梅蕊春心托草根平生獨居意俯仰有乾坤

破山興福寺用唐常建韻

高僧曾駐錫壞壇寄中林不是禪門靜爭知塵海深潭空龍出穴巖古樹無心何處來黄鳥嚶嚶送好音

瑞石

為祥付偶然但欲保貞堅自是堪攻玉誰論可補天幾年遺絶頂終日並清泉顧頻無由化遊人莫浪傳

聚遠亭

頂山中峯書院舊有此亭宋邑宰劉極嘗留題處士林逋亦嘗和之石刻具存亭則墮已久矣余假林韻為詩一首以寫山中之勝時壬戌莫春之三月也

泉流領下分濺沫濕晴雲野月當空照松風徹夜聞碑

殘因蘚駮像暗爲燈熏祇隔檐前竹蛙蛙見鹿羣

龍君祠

曾聞移夜塚来此寄煙霞遺構空山裏長藤掛樹斜池
幽涵石髮几暗積松花旱潦堪祠禱衣冠莫悍賒

永昌道中

孤舟遡晚風久客倦西東野岸欹頹石窰煙散遠空路
長鷺落日春盡惜歸鴻漸喜城門近市樓燈已紅

秋思

掩關期養素荏苒老江濵城晚鵶歸堞天寒猫近人斷煙浮野水凉飔起汀蘋矯首雲中鴈隨陽又作賓

寄題崑山慧聚寺用唐孟東野張承吉韻二首

旭日上絶巘宿雲猶滿牀嵒溜滴靈草天風飄異香陰井浮海氣野竹擁山光幽尋殊未罷遥想煙霞塲

山深嵐氣昏江遠莫樓吞片月生松頂孤泉出石根歸牛分牧笛落鴈隔漁村鄕老遺蹤在清風滿竹門

送東山長老遊冷泉

江天已遲莫挈襆上行舟老大懐新感煙霞訪舊遊月明山館静泉響野亭幽覔句應心苦何人共倚樓

晚晴

騰殘芳事近雪意已成空遠岫潭潭碧微陽澹澹紅園蔬抽宿雨院柳變春風間倚闌干曲淒凉見斷鴻

送虞待制歸江西還翰苑

今代詞人手輸公獨邁倫見高忘勢位思壯足精神雪浪西江水煙花上苑春秖應清夜月處處照車輪

雨中次韻

春霖不肻住白日隱煙霏暝破窓間紙嵐蒸架上衣荒園梅子小幽圃芥薹肥牢落江城外東風鴈北歸

納凉

日夕倦煩暑虛廊獨坐時風蟬聲斷續月樹影參差菰米先秋熟荷花失雨遲會當臨滉瀁倚杖濯須眉

送人赴三高祠主奉

笠澤光猶遠餘輝及後人諸孫奉祠事千載繼芳塵釣

艇煙波闊江橋棟宇新聖明今在上此去莫垂綸

西齋聽雨

雨聲來不斷故故並西齋事往添幽夢年衰減壯懷潦深猶有路草長欲無堦想得南薰至還應天氣佳

再用前韻酬無功

出門何所適清坐掩蕭齋圖史有眞味塵埃無好懷蛛絲連遠樹蝸篆滿空堦擬共烹新茗井渾泉未佳

錢唐感舊

江山王氣終江水自流東鐘鼓傳新寺煙花失故宮龍
亡靈沼竭鳳去寢園空殘月西風夜無人倚井桐

秋日次韻

楚人悲落木魏客賦登樓何事東西路能生今古愁月
凉青樹曉水冷白蘋秋柱杖猶懸壁無心作遠遊

舟次吳江

客路渺無際崎嶇何日平積煙迷遠樹殘照下荒城水
宿先歸港朝行暗計程長橋知漸近笳鼓隔林鳴

次韻答宋子虛

茫茫萬人海跂望渺難馮從作山中相爭如林下僧艱難心轉小老大氣偏增祇有閒爲貴浮生幾箇能

九日

老至逢佳節何心惜歲華白衣千載酒黄菊九秋花養素人情淡居閒世路賒午窻書梵典風裊篆煙斜

秋莫

冉冉秋光莫悠悠蛬韻悲青山無變色黒髮獨成絲亂

葉多萱草高花半菊枝寂寥塵境外閒誦考槃詩

感古

壟畝非朝市求賢豈易逢鎡田知卻歎辟雨見茅容泗水雉為蜃禹門魚化龍幾多高蹈者樵牧老雲峯

曉思

畫角吹霜月孤城寒氣增風聲窓外竹夜景佛前燈委質懷貞士遺榮尚靜僧西山泉石好早晚去扶藤

借韻酬無功

窮通皆有命孰肯強求知舉世思趣利何人聽說詩雲
間依碧嶂魚樂遠清池更欲投深窟誅茅計已遲

送薛安道赴雲陽尉天祐

家世簪纓後為官豈為貧有才終濟世得邑且臨民雞
犬通宵寂弓刀列戶新公餘定多暇詩酒可怡神

過故人所居

廛中成小隱幽戶晝常開好畫多同看新詩每獨裁湘
花香帶露渭竹影侵苔二子丹青妙時聞車馬來

福嚴即事次韻

城郭繁人事深栖足離羣聽泉因坐石看竹得穿雲簾卷山還入池成路自分梅花香欲老蜂蝶未曾聞

悼幻住和上

聲名喧宇宙生死一蘿庵既是藏陶器終非火木龕門風弘濟北增様劣湘南珍重諸龍象從兹政好參

癸亥歲莫

孤城騰欲殘卷地北風寒雨竭河流淺霜餘木葉乾半

生惟斂退萬事但從寬與俗誠乖異無求足自安

春日雜興三首

力疾坐團蒲清香炷尾爐春寒欺鶴骨古雪壓犀顱水暖黿魚樂泥融草木蘇驅馳漫勞苦莫廢靜工夫

陶令官彭澤旋聞炊黍香功名比雞肋世路劇羊腸桑海雖新變琴尊只舊忙終朝隨化盡松菊老尋陽

山中三十年枕石抱雲眠南麓煨黃獨東林種白蓮盌香供茗飲簾煖護柴煙俯仰人間世清風有昔賢

眞柑

黄甘出洞天珍貴古今傳入手香三日辭枝顆百錢品
高陵蜀產味勝壓華筵釀作王孫酒湛詒玉局仙

冬日漫成二首

一日又一日今吾非故吾月明知顯晦葉落見榮枯道
在山林重名浮宇宙孤世情無定向屋上但瞻烏
年光已頽莫笑口向誰開寒氣三冬盡春陽九地回窺
園逢白草散策得江梅鴂首成遐眺風前朔鴈來

春日即事

古木寒風動重城莫色催閒居逢月閏老至見春回凍地餘青草温鑪有白灰一燈縣文室半照落餅梅

感懷

世事浮雲變時時到眼新雨寒思附火年老畏逢春草長通幽夢波流失故人弟兄南北久寂寞斷音塵

遊靈巖用唐趙嘏韻

入門松路悄村遠隔滄洲山寺方槐夏田家政麥秋靡

廊聲久寂香逕水空流落日催歸棹無因更上樓

寄雲陽薛縣尉

聞說雲陽尉官閒不廢吟夜村無吠犬春館有鳴琴古甸蒼山迴長江白浪深金焦舊遊處何日共登臨

莫春故人書樓清集

晚興生遐眺層陰起遠空巷分鄰樹綠山映寺樓紅倚檻對清雨卷簾來好風非君有幽致勝集豈能同

初夏偶成

春去衆芳歇緑陰生晝寒輕颸起賞末細雨來林端水
縮舟楫隘心閒天地寬驅馳徇物者白首無由安

盆竹

瓦缶不多土娟娟枝葉蕃豈知幺鳳尾元是古龍孫蒼
雪灑禪榻細香浮酒尊王猷來此見應亦為銷魂

一乘菴

結屋依高巘雲峯隔水西山空秋氣早天闊夕陽低柳
下見漁艇窓間聞午鷄長年抱禪寂不是學夷齊

晚興

雷聲開蟄户電景遶窻扉雨暗空雲作林喧宿鳥歸小橋春水漲深逕莫花飛別有幽期在山中筍蕨肥

茶屋

浹釀修茗事淨室擠春風餅寫嵒泉碧童敲石火紅杯鐺令陸羽文字老盧仝俗客何由至塵埃路不通

吳山晚步二首

雨晴山色正晚步興何長野寺依嵒靜流泉出磵忙路

幽宜杖屨樹密礙衣裳此日逢朱夏臨風蕙草香

平生愛丘壑老不倦躋攀上國風塵暗中林歲月閒池

清應可食山好欲亡還道左何人塚麒麟卧草間

雨

入夏何多雨荒城日日陰桑麻村壟暗鵝鴨野塘深米

貴妨微賤霖淫恐大侵魚龍莫漫喜使者政勞心

九日後作

佳節名猶在寒花跡已陳黃壚存朽骨白髮及閒人秋

色無多日茅檐別有春浮生竟何事應俗漫勞神

聞鐘

天空羣動息逸響自虚徐擊處全生滅聞中謝有無春
舡驚夢客曙堞起啼烏常記秋山聽松欄片月孤

雨後

暑雨欣初霽孤城水渺漫閒吟清晝永静立緑陰寒巷
僻無車馬庭幽足蕙蘭平生守疏拙不是強求安

秋夕

欲雨竟不雨雲凝河漢濱砌蛩幽破夢窗月靜窺人火逐炎光老詩隨涼颸新賓鴻猶未至碪杵滿遥鄰

秋日過如鏡師房二首

嵓房秋氣清相過話閒情檻外葉初落窗間琴自鳴昏鴉歸遠樹野水遶荒城三十年來往于今白髮生

聚首洽清驩令違良獨難情深劣鷄黍義重劇金蘭小圃草猶碧中林楓已丹非君愛樗散那得此盤桓

詠塵

莽莽仍擾擾今古困征夫衣上有時盡寰中何處無荒
祠凝靜几鬧市衮長衢漫說飛滄海誰能見海枯

寶帶橋

運得它山石還將石作梁直從隄上去横跨水中央白
鷺下秋色蒼龍浮夕陽濤聲當夜起併入榜歌長

淵明圖

身捐簪組累藜杖得閒行耕鑿還初服琴尊了此生孤
吟亡富貴長揖謝公卿無酒堪招隱空縣萬古情

送白旡咎入蘭陵幕府

獨賢勤典教中歲始臨民幕佐紅蓮舊袍分緑草新琴高終絶俗畫妙定通神公退應多暇甘柔好奉親

松下談玄畫軸

松頭風寂寞松下客淹留話到天人際能令神鬼愁碗香溪茗熟嵓響野泉流老怯攀躋倦晴窓得卧遊

次韻荅范秀才見寄

搽别遽經歲難忘故舊情夜堂幽夢逺寒杵莫秋清月

照紙窗白露垂楓葉明無心甘擁篲但欲與鷗盟

感懷二首

齒髮颯已暮空懷少壯心夔龍既廊廟巢許自山林夜雨梧桐落秋風蟋蟀吟時方劣恩信無術化黃金

人生駒過隙好息漢陰機但識刀錐是爭如土木非田園猶換主日月豈停飛久欲攜餅錫誅茆入翠微

丁卯閏九月九日作

三年逢一閏此歲兩重陽白髮多新感黃花只舊香陶

潛悲世短甯戚慨宵長閭里欣佳節招邀共舉觴

次韻酬子虚二首

聞君久學仙投老擬參禪林下堪休影區中且任縁染髭瓢有藥漱齒井無泉天旱故也幾換珠輪線窻間手自穿

散策過僧家天寒烏帽遮宦情閒去盡詩思老來加雪作空中片雲生石上芽風流自來往塵跡到應賒

懐陳道士次韻前人

乾坤眞逆旅乍合首還分形跡成拘滯音塵隔見聞簫

聲猶在耳鶴影獨離雲汗漫來何日無因睹近文

早春次韻

幽栖愜野情老至倦春行雪盡終無冷陰多未得晴砌
香梅墮片空響音鴈傳聲愛爾登臨句身閒思致清

次韻還舊居

陶公返舊居尼父賦歸與歲月注坡馬丘園下澤車蝸
涎存古壁鼠穴帶殘書爲得元中趣東西總晏如

歲莫書懷次韻無功二首

烏兔無情極東西來往頻風霜寒永夜城郭老閒身井旱泉源竭冬暄草色新不須論往事斂跡作幽人

崑臺歸何日中宵入夢頻生無趨俗韻老有背時身蘭葉侵衣綠梅花到眼新寄言廛市客不是卧龍人

憶清泰

花上已標名資糧願早成定應生樂國斷不墮疑城妙法水禽演圓音風樹鳴慈容彈指對永刲破無明

谷響集卷二

元 釋善住 撰

七言律詩

春杪登蘇臺

獨上高樓小凭闌荒城寂歷水雲寛連天芳草雨初霽滿地落花春又殘白髪不生還亦老青山無事且須看吳王霸業消磨盡江鳥呼風野樹寒

秋江晚歸圖

誰驅象管掃風煙野老攜筇古木邊山靄沈沈無過鳥
江流泯泯有歸船家貧不畜栽花地力健還開種秫田
辦得縣官秋賦足黃雞白酒樂豐年

荅人問次韻

昔年曾事華陽君寵辱昇沈總不聞雞犬得仙何足問
刀圭餘藥可同分丘園自洽唐虞化枕席猶觀屈宋文
門外輪蹄互馳突矮窻終日斷囂氛

秋居

爲愛吟詩心獨苦每於人事少關情山林有道名還著
廛市無營跡自清黃葉蕭蕭孤館夢青燈耿耿百蟲聲
一從棲息窮簷下包笠何曾浪出城

送胡道士用賈島韻

蘿逕春歸半是苔舊山無處不花開石房雲暖青牛卧
琪樹月明黃鵠來萍點霞裾行雨罷血凝星劍斬蛟回
篋中靈藥長存取莫使流年逝水催

舟次盤門過無得院

蓬窻兀坐聽鳴蟬滿目陰雲欲雨天山隅壞城縣落日樹連荒驛帶蒼烟臨流石馬何年墓種竹人家有釣船至老相尋能幾度更揮青蓋訪林泉

送無照入杭

草白山青羣雁飛天寒日暮行人稀危帆側倒過絶岸鉅浪谾兀鯡晴磯飛來峰頂猨聲急合磵橋邊月色微已有梅花報春信地爐煨芋待君歸

贈日本僧

鯨波渺渺接遥空今古由来一葦通斗柄夜縣常辨北日輪朝湧始知東車書既混文無異爵服纔分語不同鄉路眼中應已熟好攜包笠扣玄宗

凌歊臺用許渾韻

宋武南巡能幾回如何此地有高臺濛濛野翠連山合漠漠江雲度水来輦路春深芳草暗宫墻日暖碧桃開殘碑一片無人讀土蝕沙埋卧緑苔

遣興

鏡中歲月髮如霜拗折漁竿罷釣璜成我固知無鮑叔
絕交幸得有嵇康江邊茆屋從風卷峴首苔碑任雨荒
一炷旃檀數聲磬青燈影裏事空王

寄巖栖翁

白首雲栖掩竹扉山中消息到城稀老來閒去交游少
病後經行氣力微野岸曉烟添柳色敗垣春雨長苔衣
吟詩只益丹心苦擬挈筠籠共採薇

次韻送劉鍊師還茅山

鶴背風高歸路難故山遥憶水雲寒青琴三疊遂三弄白飯一盂蔬一柈對客圍棋衣緩帶斬妖揮劒髮衝冠壺中日月雖無限誰信人間鬢易乾

悼陳隱君

端淳耆舊凋零盡今日傷心又到君身後有詩傳異域生前無子托斯文閒門寂寂迷芳草古柳依依黯莫雲惆悵我来相弔罷庭花和淚落紛紛

鵶

黔突蒼烟沐羽翰歸期頭白亦何難平疇亂落野風急
高樹爭啼壟日殘闚食引吭行屋角避人飜影起江干
因思水宿孤舟夜欹枕候鳴霜月寒

故里感思

虛落荒涼竹樹空耕飡鑿飲古今同一聲鴻雁度寒雨
兩岸蒹葭鳴夜風耆老問來多作鬼故交別後盡成翁
雲山滿目愁無極浩浩溪流只鄉東

日上人還吳淞

秋雲秋水兩悠悠白首何堪動别愁岱嶺月明寒雁過
楚江木落晚禾收夫差既賜申胥劔句踐難回范蠡舟
今古興亡無限事願因歸路問沙鷗

遣興

少年心事付東流把鏡空驚雪滿頭蠻觸戰爭何足算
雞蟲得失幾時休清砧敲碎吳臺月寒角吹殘越壘秋
究竟自知身是客行藏何必倚危樓

九日

澤國西風物候殊此生能見幾榮枯漏天不與杜陵補濁酒誰資陶令沽眼對黃花聞蟋蟀首攲烏帽把茱萸年來已減登臨興卧向松窗看畫圖

送人還山

茅茨抛在翠微閒卽栗橫肩又獨還松樹別來巢鶴大銅瓶歸去蟄龍閒西風黃葉埋寒逕落日青猿叫亂山後夜月明誰是伴枕前飛瀑響潺潺

寄無照

雅道交游僅有君片雲逵隔斷知聞燈前緣酒難同醉屋外黄柑可共分唐老詩瓢浮草具永師筆甕瘞銘文滿懷風月還依舊好過街西與細論

贈羽人

霞珮星冠老葛洪何年飛下玉華宫石爐香冷易初罷山鶴睡醒琴未終好道每思超物表愛閒長欲入壺中不知自别仙都後還見桃花幾度紅

送人入杭尋弟謁山村先生

之子難忘骨肉情遠尋仲弟入杭城好山半鄉舟中看佳句多於枕上成驛路牛羊歸莫色江橋鼓角動秋聲端淳耆舊今無幾爲問湖邊老凈名

次韻酬嵓栖翁

身世悠悠自可哀暫將懷抱向君開半生白雪無人聽幾夜青山入夢来竹院就荒愁見草水田經廢怯聞雷攜笻便欲相尋去行到松陰却又回

寄人二首

先生五十已開秩我輩政在不惑年萍水相逢何太晚芸窻對坐成華顛支公自放冲霄鶴嚴子方規賣卜錢莫待池魚長頭角便隨雷雨上青天

落魄東西但任緣舊房抛擲已多年行藏厭作出山草身世甘爲上水船黄卷排籤常滿架緑琴挂壁久無絃不知入社將何日且要開池種白蓮

與無照莫出西郊

閶闔城邊烟草昏白檣禪侶過孤村陰雲垂地鳥歸樹
寒色滿空人閉門山逕雨餘留虎跡野塘秋盡露潮痕
一聲牧笛前峰起回首殘陽欲斷魂

送松洲歸蘭陵

衣囊結罷上歸舟腸斷江城雨不收年臈漸高愁作客
交朋雖好倦追游水村遠近多鄉樹烟郭東西是別州
此去故知南雁盡相思能寄短書不

過石湖

十月吳皋霜露零田家收稲滿柴扃湖中浪擁銀花白天末山横螺結青寒色亂雅飛笠澤夕陽衰柳並旗亭何時覓得清遊伴更買扁舟過洞庭

宿山寺用唐項斯韻

步入松門行徑微秋燈影隱見僧稀風生暗壑虎初過雲起寒潭龍已歸挂檻清泉當面落穿廊黄葉近人飛明朝又鄉它山去身外還存舊衲衣

遣興

寶書空撿滿塵埃縱有閒情亦嬾開壯志但隨白日過
少年不逐青春回風波浮世誰長在雲雨交游我獨哀
更欲荷鋤嵓壑去種松栽菊自徘徊

桃花源詩

孤光耿耿洞門斜只尺仙源去不賒流水豈能迷客路
春風終是到田家山林影裏聞人語雞犬聲中得岸花
相見毋煩問塵事且同尊酒醉烟霞

懷北遊者

芳草長亭路渺漫遠游聞說過淮安相逢每歎同懷少

一去那知會面難老鶴唳空松院靜夜燈照雨竹窗寒

年來舊友皆流浪笑對青山獨倚闌

報恩寺閣

高閣閒登四望寬青山極目倚雲端水村漠漠連天遠

隴樹沈沈帶雨寒罷馬嘶風春草徧倦鴉歸堞夕陽殘

豈知大道平如掌今古人間行路難

書友人壁

獨坐虛窻晝眼明萬緣休罷一身輕石池水滿魚苗長
花徑雲消鶴影清燈下遠書來越嶠枕中孤夢出江城
自言野性如黃鵠日夕長縣碧漢情

警惰次韻

少小林泉學空寂不覺犀顱生二毛買山無資愧支遁
昇天有路付琴高北上定愁燕地雪西游終怯瞿塘濤
床頭三篋幸無恙束肚何須紫錦絛

寄無及長老

清才雅望屬明時到處人傳絶妙辭靜飲三杯松下酒
閒圍一局竹間棋花開古寺春生蚕潮落寒塘月上遲
莫訝近來音問缺爲因無路寄相思

寄如鏡師

露滌膧風寒氣催砌虫號冷夜聲哀楓飄南國鱸魚上
菊發東籬鴻雁來高閣晚山曾共看舊房秋逕未重開
何時再翦西窻燭坐聽青琴走蟄雷

送人之金陵

歌罷陽關酒一杯扁舟欲上更徘徊舒王舊宅爲僧寺

後主遺宫化刼灰北固山頭春雨過西津渡口莫潮回

心閒在處堪爲客遮莫天涯杜宇催

松陵道中

五兩翻風彩鷁浮旅情詩思共悠悠霜迷古道晴猶滑

氷合平湖曉不流隱約野田明白鳥凄涼江柳暎紅樓

故人只在炊烟外帶月侵星到即休

報曉雞

畫角聲銷欲曙天遠傳清唱到窻前殘燈獨客回春夢
壞墻閒僧起夜禪茆店霜寒登樹宿槿籬日暖踏花穿
不知何處供盤筋空對筠籠爲黯然

悼明雲禪師

聞師久鄉嵗陰住擬與將来建法幢半偈不留忙下世
舊經空在伴秋窻雨荒新墻風吹草雲暗孤城月墮江
行業未逢人紀述南宗弟子已心降

靈巖

尋幽遠到千年寺行盡清陰見野桃羅綺成塵傷窈窕
屬鏤凝血閟英豪雲生絕壁春山黯風起平湖夜浪高
暫向松根憩微倦滿身空翠溼征袍

秋興

青山木落見遙曾幾欲依栖去未能鐘阜固應回俗駕
沃洲終合屬閑僧柴門靜掩深秋雨月色寒侵午夜燈
不涉世緣尤是分風雲何必羨鯤鵬

別友人用唐姚合韻

遠到山家學采芝情深不覺忘歸時松欹老屋侵人近
石礙流泉出澗遲峰影參差連草色禽聲窈窕隔花枝
莫言書劒曾來此恐落閒名四海知

寄無照

巾舄隨緣寓北山家林雖近亦忘還一簾草色清秋靜
四壁蟲聲白晝閒佳句但書幽石上遠峰多畫寢屏間
嗟余與爾同年齒落魄無成鬢欲斑

書如鏡師壁

銅龜檜下居來久種菊栽松老歲華無事幾曾離水石半生長是寄烟霞據梧靜聽空堦雨策杖閒看小院花多少嵒間深隱者不知幽趣在君家

悼嚴栖翁

欲卜幽栖尚未曾豈知今日別交朋霜鐘敲落故山月夜漏滴殘賓館燈原上又添青草塚社中不見白頭僧春風城郭還依舊緩步尋芳恨莫能

舟中晚歸

雨餘邨聚暗桑麻問訊韶光去已賒野蕊遍遏雲聲嫋嫋酒旗穿柳影斜斜荒原遠近多芳草幽澗東西盡落花巾錫又還城郭去臥歆蓬底數歸鴉

憶陳隱君

幾載先生共往還杖藜今日斷松關苔封白骨琴尊遠月浸空齋硯席閒弟子未聞居墓左詩名長見在人間自言只憶蓮花國終不栖神鄉海山

舟次江亭

歸思悠悠極渺溟暫維舟楫並長亭春江水暖蒲牙白野岸烟銷柳眼青鳴犢帶聲登廢壟征鴻和影度遙汀不知何處吹桐角獨立天涯淚欲零

次白提舉秋興人汎吳淞韻

秋風一舸共徘徊日照川原宿霧開白鳥不知吳苑廢青山曾見越兵來清標拔俗元章字佳句驚人子美才我欲從行身莫遂幾番吟上水邊臺

次無及長老見寄韻

退迹深居楚水濱愛閒甘作卧游人一身貧盡豈足道
五字興来如有神江郭雨昏山色古柳橋風暖鳥聲春
雖然不是鍾期耳逸響要聞師子觔

虎邱春遊得花字

新路委蛇半帶沙到来疑失舊烟霞鼓鐘才動水雲合
絃管未終山日斜嵓閣雨晴生細草石池春漲有殘花
小呉軒上聊憑檻古木陰陰噪亂鴉

無得院

每說江湖倦往還卻歸此地掩柴關舊栽修竹臨寒水
更起迴廊瞰遠山夜半蛙聲來枕上日高松影上窗間
有時閒倚孤筇立覓得新詩自解顏

月夜四首

明河如練月如弓涼葉蕭蕭下遠空水國正秋無過雁
砌階終夕有鳴蟲故人自隔關河外往信猶存篋笥中
一盞青燈伴孤寂夢回吹殺破窗風
漸老襟懷豈易寬強將詩句散愁端黄花開後重陽近

白髮生來萬事難月夜獨眠松館靜晚天清坐竹窻寒
瘖塵鎖斷青琴索指甲雖存莫可彈

雁聲吹落五雲間帶月柴扉夜未關寒氣僅傷凡草木
秋風難老舊河山孔賓好學非求隱亢亮休官爲愛閒
今古一株天上桂近來聞說有人攀

陰蟲切切啼秋露涼月娟娟照夕風鸞鳳幾曾栖枳棘
鴟梟多是占梧桐人皆沽酒追陶令我獨栽蓮學遠公
堪笑當年槐國夢黃粱未熟已成空

次韻答人見寄

野水晴山遶所居水聲山色共如如作詩不學前朝體揮翰多臨北海書塵暗古琴人聽少草深荒徑客來疎金蘭誼重惟吾子長寄新吟到敝廬

夜至市涇積慶寺

蒹葭風高寒氣深鴻雁叫渚日已沈青燈一點出林薄白屋幾家居水心野岸經霜楓未落村船入夜路難尋意行漸與精廬近耳畔俄聞有磬音

客中次韻荅平道士三首

抱寂希夷二十年孤蹤隱約少人傳優游泉石非徒爾玩弄文章是偶然槐市有時還縱步松窻無事且高眠暫来江上尋詩友正值霜風落木天

閑房瀟灑樂堯年寄我新詩信可傳世上利名都索盡壺中日月更悠然風回高樹吹瓢響露浥虛庭警鶴眠聞說仙壇朝斗夜簫聲殷殷下遥天

聞君有道已多年籍籍聲名海内傳釋老門庭雖異趣

山林風月本同然蓴香水國堪垂釣草暖陽坡可醉眠金錫也曾飛碧落不妨伴鶴上青天

留市涇積慶寺壁間有劉時中阻風之作因次韻

江郊歲晚草樹黃原野拍塞浮晴光飛鴻冥冥楚山遠游子窅窅吳天長柳並寺樓搖碧靄笛橫漁浦隔蒼茫如今海宇清寧久聲教雍容洽大荒

東塔廣福寺

步入松門一徑斜小橋南畔是田家講經老宿多遺骨聽法天仙不雨花倚漢危樓栖野鴿隅窻高竹蜕秋蛇但令泉石堪依止包笠重来豈憚賖

留别

歸心難遣促歸期一夕霜風動渺瀰蘢麥迎寒柚葉蚤江梅待雪放花遲登樓擬作懷鄉賦臨水還吟惜别詩明日松陵重回首碧雲紅樹總相思

雨中次韻

寶書鈔罷事清吟但覺虛窻景易沈堦下亂泉空作響

水邊嘉木自成陰雷聲殷殷雲頭黑風色蕭蕭雨意深

不有同人遠存慰寂寥蹤跡更誰尋

書山家壁

植槿爲藩竹作門翁姑長守主人墳野藤不共厓松老

磵水自隨山路分溪上月明秋過雨壁間燈暗夜生雲

茫茫塵世無窮事終日蕭然竟不聞

秋懷次韻

虛庭獨坐晚涼生一道斜河屋外明幽鳥帶雲歸樹宿

清鍾和月出樓鳴弟兄南北音書斷歲序飄零客夢驚

大雅高風雖不競伊余時得會詩盟

秋日雨中用鈎字

目送蒼旻無盡頭澄雲凝雨幾時收看山舊榻還當檻

待月疎簾罷上鈎蚤稻損花秋失望高梧翻葉夜生憂

雞鳴狗吠豐年兆何日重聞某水丘

次韻答人見寄

憶昔江頭送别時歸舟欲上又還思百年塵事頻翻覆半世交游幾合離天畔白雲惟舊色檻前青桂有新枝征鴻無限南來者不寄音書只寄詩

悼錫長老

苔色蒼蒼竹四圍山林雖是昔人非青春舊友有誰在白髮高年空自歸禪榻塵昏孤磬咽影堂烟裊一燈微殷勤到此焚香罷獨對斜陽淚暗揮

春日寺居答人見寄

古寺栖遲甫歲餘客𨠵未暖又移居修篁老盡猶遺種

舊友亡来不寄書江郭雨寒聞雁少郊園春淺見花踈

清香一炷琴三弄終日蕭然掩敝廬

京口

車聲軋軋轔紅埃北馬南颿日夕來淮甸雪消江水漲

海門月上楚天開堤邊行飯多逢柳野外尋詩不見梅

會散金山即歸去春風催逐上琴臺

上方

孤墖巍峩出翠微湖光澹蕩照嵓扉綺羅香散遊人遠

鼓笛聲消賽客稀故閣已傾餘柱礎斷碑空在長苔衣

青山本是無今古幾度殘陽宿鳥歸

書故人壁

湘簾高卷雨冥冥松竹蕭森滿户庭芳草春深隨意緑

遠山雲盡向人青一川寒水横疎牖數朶幽花插浄瓶

回首利名驅逐者不知塵夢幾時醒

遣懐

境入中年萬事休但思韜迹老林丘西山夜雨寒侵夢

南國春風雪滿頭桃李無私隨地發煙雲何意並人愁

一雙窮相繙書手豈解尊前事獻酬

酬山村先生五首次韻

嚴陵臺下水潺湲漠漠高風去不還處士隱廬遺路側

永公書龕出松間山田境瘠民生儉郡邑蕭條吏事閒

幾欲清遊身未遂煙霞盤礴鬢毛斑

定起空山尚有星悲笳杳杳上青冥壁間燈暗鴞啼樹

池上月涼魚闖萍文錦鷹柈風字研綠繩穿夾梵書經
舌端解使天華墜爭似無言對翠屏
尚無閒手把茱萸豈得將身作醉扶留我香燈依澗壑
聽人包笠遠江湖躭名冒貨爭蝸角要勢圖榮捋虎須
松景滿窗秋日短楞嚴才罷已申晡
綠蘿深處澗聲幽一片閒雲盡日留灰木身心都寂寂
塵埃世事任悠悠壺中觀閣徒存想畫裏山川足卧遊
若使杖藜能過此浮杯相伴狎輕鷗

莫將學問負平生白石清泉暢野情槐國舊聞螻蟻戰
鵲巢今見鵲鳩爭子胥尚昧遭吳廢文種寧思辟越烹
更有卞和曾獻玉荊山月下淚盈盈

漫成

鄉來歲月苦蹉跎今日生涯又若何交友漫多情少合
閒身未老鬢先皤水邊紅葉終難久天外青山豈易磨
但得釣鼇竿子在短蓑輕笠傲烟波

次韻無及長老

蓬蘿栖遲亦有年了無榮辱願誰憐道林解講猶騎馬
魯望能詩却寄船苔壁書深蟲吊寂紙窻秋破鳥窺禪
焚香煮茗皆吾樂豈但清閒便屬仙

冬日書況寄無照

香氷紙閣晝沈沈古敎横陳且照心喬木天寒風易急
斷河雨竭水難深爐頭煮茗才中飯庭下觀梅已夕陰
老大才疎倦馳騁漫書幽況寄知音

前詩寄無照見荅稍遲輒自和促之

此生誰暇計升沈但欲蕭閒養净心高卧豈知浮世狹
獨居惟覺故山深簷飛雪溜窻間溼日照空雲石面陰
坐鄉西齋持密語近来能作五天音

無照見和復以元韻荅之

拂拭銅彝炷水沈跏趺相對可清心穿雲種玉青山遠
破浪探珠碧海深滿樹春風傷渭北一篷夜雪憶山陰
賡歌和曲非吾事聊演人間大雅音

既酬之又元韻遺興寄無照

不鄉明時歎陸沉澈廬堪隱莫年心蘭芳楚澤春愁濶月滿荆岑古恨深白首有名猶谷口青雲無夢自汾陰松風卧聽如韶頀膝上何勞綠綺音

冬日作

蒼松翠竹遶吾廬終日蕭然只晏如琴上不彈新曲譜篋中多貯故人書春生故院梅開蚤雪滿寒江雁過疏無限市朝車馬客豈知城郭有閒居

己未歲感事二首

心攢百感鄉空書此日才同少水魚曠野有風傷晩稻
荒園無雨減秋蔬東林泉石容高蹈南嶽烟蘿尚獨居
縱使聲華動京邑未知何地樂耕鉏
野逕秋深葉滿苔豈堪塵迹此中來堦前蟻陣衝還破
花底蜂程挽莫回童子已提沽酒器山翁猶奉注茶杯
長松怪石渾依舊相對何由笑口開
遣懷三首
堂堂歲月水流東贏得身將槁木同草葉已零淹莫雨

梅花纔發值春風歧中厭作亡羊客塞上甘為失馬翁已有一枝棲倦翮翺翔何必羡冥鴻

竟日何勞事苦吟漫因幽興寫閒心神魚出海摶風去玄豹依山隱霧深縣吏每來欣有酒鄰翁却去笑無金平生不畜閒田地衣鉢隨縁直至今

遯迹忽思澗壑間胥徒囂呌來扣關首陽尚使夷齊餓潁水寧容巢許閒海上白鷗雖可狎雲中黄鵠却難攀何如穩汎華亭月莫學淮南賦小山

除夕二首

小閣春融坐不厭獨憐無月到松簷銅壺漏斷五更盡
畫角聲消一歲添炮燭冷光涵素壁瓶梅疎影透湘簾
莫將爆竹驚山鬼近日城中火禁嚴

春入江天夜坐温嘉蔬喜得備盤飱筆歌不動還休市
燈火雖張合閉門聾龀風寒傷薺麥山園地暖益蘭蓀

早春留别

近聞里閈兒童説明日庭中看水盆

津亭烟暖柳絲輕欲上孤舟更問程野日照衣春色好江風吹面莫潮生遥山黯黯增羇思宿草離離動别情莫訝白雲無定在暫擕包笠去吴城

春日至錢唐阻雨寄山村先生

客窻燈暗曙鐘殘異渀縱衡路未乾滿目雲山留我好一樓風雨見君難湖邊雪盡梅應蚤吴下春遲麥尚寒南渡耆英久寥落豈知猶有故衣冠

南高峰絶頂

客心江水兩悠悠高閣閒登見越州細嶺日斜樵子過
斷厓壁立野泉流松根落石森兵衛天際孤舟片葉浮
長嘯一聲羣響答又攜青竹下嵒幽

過西湖

霏微烟靄滿遙岑春入長堤柳色深今古畫船供一醉
幾多紅粉得千金漁歌豈悅游人耳莫雨偏傷倦客心
幸有孤山梅竹在杖藜徐步作幽尋

清明日山行

羣鳥聲喧春日晴家家插柳作清明溪雲落眼水邊坐
花露沾衣樹底行野寺貿來猶換主山園廢後但存名
都緣趣俗無新韻城郭幽栖過半生

如鏡師剪竹四竿爲蒲桃架其一適活要余賦
詩作此以塞請云

蒼筤剪得出遙林架就危棚近壁陰柔蔓未垂珠落落
短梢先梃碧沈沈月明亂影翻秋几露冷清聲入夜琴
養取閒門表孤直莫教容易俗塵侵

子虛以湘竹杖惠余兼貺二詩倚韻荅之

須得山人古竹節節間銷盡淚痕紅化龍定躍蒼波裏
伴隺還騰碧漢中跬步安危存用舍百年前却付窮通
相應海國歸来日繫鄉船頭取便風

一枝誰剪楚山前却寄東吳遇客船打雨打風常在手
挑雲挑月不離肩松根老石當秋倚花下幽蹊待晚穿
閒處未容頭角露且留横膝看青天

漁父二首

夕陽波上釣絲輕風入蒹葭蟋蟀鳴辭劔爲憐逋客難
鼓櫂曾笑逐臣清數聲竹篴湘江濶一帽山花白髮明
南去北来人自老幾多空抱羨魚情
罷釣優游老此身數椽茅屋並湖濱青雲富貴無多日
白髮清閒有幾人篷底未曾論伯越花間且莫問强秦
紛紛世事皆如夢更送船頭百甕春

庚申歲莫三首

是非無定底須聽飽食游譚更不經髮短意長猶困學

智生耄及漫勞形松濤滚滚翻茶鼎梅雪紛紛落瓦瓶
門外數峯天削出亂暉東旭倚空青
江郭陰寒天未晴歲華拋擲又遐征蟄雷失序先春動
野雉知時鄉曉鳴草木自堪同臭腐雪霜何必苦從衡
謝公心雜陶公醉負却匡山白社盟
強顔求舊情還異枉已攀緣勢必乖白雪豈傷侵紺髮
黄埃惟恐涴青鞵倚松閒看雲生石擔室幽聞葉墮堦
無用散材何所適布衣蔬食老顛涯

故人所居

柳花灼灼柳依依院落荒涼畫掩扉石沼水乾魚逝久杏梁巢覆燕來稀龍頭未説人澆酒世上先傳客賣衣欲對東風寫離恨郡譙吹角莫雲飛

天際歸舟圖

天風低柳拂長提舟入蒼茫遠景微炎暑有時銷客路灘聲終日在漁磯身隨江海馴鷗鷺夢落山林飽蕨薇從此東書歸舊隱晦名韜迹老巖扉

秋思二首

西風吹上洞庭波涼葉紛紛别故柯社燕畫檐秋影絶

候蟲文砌夜聲多青藜扶起宜將老緑綺調陳足倚歌

城市往來今已久擬收孤迹寄烟蘿

人生事事皆前定切莫猖狂欲妄行季子金多終富貴

張儀舌在漫從衡柴桑雞狗還追放甫里烟波絶鬭爭

楓葉已丹秋欲老水村隨處擣香秔

辛酉九日二首

雲物淒涼秋意深江山何處可登臨一頭白髮驚風雨
滿地黄花恨古今木葉暗隨鄰杵落草蟲寒並夜牀吟
半生已分成樗散城郭長縣澗壑心
九月江天絺綌涼眼看莎徑雨餘荒菊花不醉重陽酒
柳葉還凋午夜霜席上未聞楓作虎山中誰信石爲羊
傷嗟杜老飄零久近亦歸來理草堂

破窻

落落踈櫺紙半無冒寒猶憶去年糊飛螢暗入侵衣亂

涼月斜穿伴燭孤秋老蟲絲兼葉掛雨晴蝸散帶苔枯
候齋山鳥来還去幾番相窺不受呼

寄翰林趙學士二首 孟頫

玉堂學士晉清賢上國歸來雪滿顛畫妙未曾池畔作
書工自得枕中傳溪山静對堪娱老松菊長存可引年
見説有時因覓句醉扶鳩杖看鷗眠
下馬趣班覲紫宸肌膚玉雪錦袍新北門視草稱三俊
東閣揮毫第一人月隱掖垣分燭夜花迎御輦賜衣春

文星肅望光芒正爛爛仍懸雲水濱

北塔有感次韻

修廊徐步暗長吁古木猶存斧爨餘寒竈未聞煤墮甑空庖將見釜生魚香燈影斷經行少鐘鼓聲沈學者疏回首舊房拋已久草埋蕪沒任鵂居

夜懷

匡牀嘿坐夜燈明寥落霜天雁一聲身世已成黄髮夢乾坤惟長白雲情綸竿獨老忘軒冕舟楫全生變姓名

小大自來皆適性二蟲安得是同盟

歲晚書懷二首

雨霰交飛歲欲除閒園草木已昭蘇盤登野菜無椒酒盞貯香秔有土酥禍福固應論塞馬雌雄何必辨城烏曳裾掃迹俱休問自爇黃連擁地爐

天寒靜戶少人過殖殖閒庭爵可羅世上眼空蕉鹿夢車中聲斷飯牛歌泥融莎徑春風近潦没蔬畦夜雨多清梵欲消江月上磬聲松韻冷相和

除夕次韻無功

屏迹丘阿每鮮歡老逢除夕恨漫漫生前聲利清偏淡身外經書興未闌狡兎漫垂三窟戀鷦鷯終寄一枝安百年浮世才炊頃推枕邯鄲夢已殘

落梅

晴雪霏霏灑砌苔浪蜂欲去更徘徊空傳淡影浮歌扇不送寒香入酒杯隴首故人千里隔江南驛使幾時回翠禽莫怨南樓笛一度春風一度開

柳

寒條欲軟雨微微染作鵞黄學舞衣漢苑露濃宫葉重汴堤風暖岸花飛流鶯漫吽春還老酒旆空招客自歸若鄉津亭管離别爭如陶户静相依

雨中遣興

雨横風狂緑野陰孤城蚕覺已春深蒼松倚壑有寒操紅杏出墻無古心鄰館酒甘方䨓甕客窻人静罷彈琴華擿竺一諸皆師友漫鄉閒中作聽尋

徐氏園池

廣亭高榭接逶迤野雉籠藏錦翼新柳色上衣鄉逕曉蜂聲浮席畫船春秋千自溼花間露鸂鶒還驚沼上人莫訝粉垣深掩護青山低處是紅塵

代悼亡

蓬閬思歸厭世氛青鸞緩引別朱門鏡中暫隱春風面花下終歸月夜魂簪珥獨留貽娌妾田園長守有兒孫紛紛弔客皆豪貴跽向棺前酹酒尊

別敬之講師

麥擢蝦須春欲歸青山景裏欵山扉松風瑟瑟吹人面野日荒荒照客衣波上燕忙知夏近嵒間僧老出門稀明晨又振歸城錫清夢還應繞翠微

秋日次韻二首

息景城闉歲月深見山還作采薇吟未曾世上期青眼獨鄉閒中保素心菊爲花開登古缶蘭因香在守空林可人最是新裁竹鳳尾禱褷已及尋

緇塵不到白雲深晝寂空聞木客吟柏子當香堪達信
石頭聽法豈知心化牛鬬細無杯渡放鶴冲霄有道林
睥睨寒山舊詩卷上騰光燄數千尋

秋夜懷古

促織侵燈泣短莎夜深凉露下銀河井梧葉脱秋聲減
江月烟銷霽色多千載悠悠遼鶴語三生渺渺牧兒謌
豈知世上無窮事今古還應逐逝波

趙子固所作蘭蕙圖

王孫翰墨妙無倫寫出胸中萬古春蘭葉夢寒悲楚國
蕙花香冷憶騷人紛紛蕭艾誰遺種落落山林自有鄰
莫訝幽姿能岑寂石根終隔馬蹄塵

春曉

矮窻日月無今古閑户爭知春去來清鏡静臨多白髮
好花閑看半蒼苔蛙傳鼓吹池塘雨茶展槍旗澗壑雷
海燕未回寒尚在莫雲重疊鎖崔巍

寄弘道書記

閒愁不入酒杯中落魄江湖侶轉蓬鶴髮歸來風月在
錦心吐出語言工芭蕉葉大窻全綠芍藥花開砌半紅
只尺林泉滯形迹對牀煎茗幾時同

用紅字荅前人

抱景亭亭澗壑中眼前多作倚麻蓬鷹鳩异質無非物
枳橘皆名孰是工聲遶堦除春雨暗光浮几席夜燈紅
詩筒莫厭勤來往草木爭知臭味同

寓興三首

翠霧沈沈雨乍收晚窻叢桂小山幽枕中孤夢通三世
林下餘生寄一丘耄及犀顱便簡寂病侵鶴骨倦清游
明時但得身强健水曲巖阿足自由
見中斷斷無童耄世上紛紛自盛衰張翰吏閒歸去蚤
季倫財散省來遲桃花浪急魚生子柳絮風柔燕領兒
未必靈丹化頑鐵擬將何物鑄鍾期
不知名迹堪爲累蟻垤蜂房亦鬭塲小黠大癡俱陸陸
寸長尺短付茫茫米鹽胸府猶登坐鞍馬風流足把觴

案上簿書勤記錄夜窻燒燭學研桑

山中二首

嵓屋栖遲信有年豈同魚鳥樂天淵身閒尚不耽閒味
地静何嘗住静縁林下晝營燒筍火石間時引煮茶泉
菜畦香燼青烟散月滿松頭鶴未眠

萬事無求心便安莫論人世道涂難風聲遶樹夜將半
月色到窻燈未殘峭壁倚天蒼蘚古斷厓飛瀑白雲寒
饑飡困卧隨縁過跰足何勞作野盤

春晚二首

窻中雨霽見遙岑拂羽鳴鳩送好音我嬾未能叅俗事
詩工自足醉人心掃堦喜擁青松鬣對客慵談綠玉琴
一枕江南三月夢桃花結子柳成陰

丘壑由來迹可逃豈容塵土涴雲袍石鼎湯浮寒蟹眼
陶杯文刷秋兎毫林塘瀰瀰白水滿山館亭亭青樹高
得句未能書雪繭屐齒欲折心忘勞

苦雨

積潦橫流路不分滿空烟靄暗朝昏烏鳶站站墮荒圃
風雨瀟瀟失遠村芻米價騰愁白屋管絃聲沸醉朱門
無言桃李參差放侶怯春寒欲斷魂

春蒐圖

酸風射眼路迢遙斜跨銀鞍度渭橋野外翻身捎勁鶻
雲間灑血落盤雕犬循荒磧威偏壯獸困重圍力易消
什伍相將歸細柳烹羶釃酒醉春宵

宗鏡錄

珍閟龍龕幾百年我生何幸得披研真空境寂非文字
妙有緣生立聖賢權實圓明般若智果音清淨涅槃天
殊宗異學求源委拭目方知萃此編

癸亥寓錢塘千頃寺述懷

高閣工書三十年藝成媒禍少人憐猖狂得意既由命
坎壈纏身莫問天半夜飛蚊消廣夏一天涼雨潤高田
雖然老朽成羈絆還在山邊與水邊

秋夕

并閭鳴雨夜漫漫語靜長廊燭未殘月色侵窻花漏迥蟲聲浮席竹房寒世情竟作秋雲薄禮數渾如野水寛彈鋏掃門非我事委身嵓谷自盤桓

書鮮于伯幾詩後兼用其韻

昭時丹鳳雝崇岡吐出神珠埒夜光眼見牋麻才只尺耳聞名姓幾星霜北山水石增吟興南蕩絃歌助酒狂千載不須嗟寂寞已留遺墨徧炎方

登虎阜再用伯幾韻

高標孑孑揷雲岡深殿孤燈祿寂光嵓畔野芳初帶露樹頭山實未經霜蒼溟自引浮杯興佳節還羞落帽狂小艇不知歸路晚到城新月挂金方

秋山圖

淅淅涼風動泬漻白雲紅樹擁岧嶢扁舟倚岸不知久拄杖穿林頓覺遙樓閣蔽虧横遠漢澗溪衝激度危橋沃洲自合支公住曼倩從敎隱市橋

贈楊秀才

江城已作黃花晚澗壑方驚白髮秋樗散幾年拋寂寞
憐君此日肯相求雲霄直上饒騎鶴湖海同盟願狎鷗
老我未忘千里志杖藜終約看淮流

冬日寄無功

黃菊當堦爛熳開小窻紅葉自成堆天寒但解冰霜至
人老爭知歲月催萬事不求真富貴一毫為累即塵埃
風流來往惟吾子擬共巡檐看蚤梅

癸亥歲莫書懷

白雲深處擁茆茨回首人間萬事遺愚知得時皆有命
古今造物本無私阮公漫解開青眼墨子終須泣素絲
臘盡雪銷梅放後寂寥寒谷是春姿

遣興五首

五十雖睽病見侵閑門終日少相尋春鶯漫逞千般語
老驥終存萬里心花遶竹房紅作陣柳垂沙逕翠成陰
江南三月清明後便有蛙聲聒夜聲
博山烟靄作空濛脈脈幽馨鼻觀通一院杏花寒食雨

數聲黄鳥緑楊風忙中日月何曾異静裏乾坤自不同

蟲臂鼠肝隨所化未能勞力問崆峒

身前萬事若浮塵過眼從衡日日新蛙黽得時多意氣

鯤鯨失水少精神青山古木丘園晚白鳥蒼烟浦溆春

回首吴淞興無限島頭新漲緑鄰鄰

天運循環杳莫窮生生化化古來同一百六日寒食雨

二十四番花信風此身不寄鵲巢内孤迹聊藏人海中

深院日長新睡足倚闌閒數北歸鴻

千載誰言柳花香醉李吐出錦綉腸江邊春雨一犂足
天外晴絲百尺長空山無人薇蕨長流水落花鶯燕忙
自來貴賤皆歸盡草木衰榮豈足傷

寄白雲

反闗銷景湖水湄吾子政是安瞑時春寒未成筍蕨夢
老大得赴烟霞期松湍漱壑青燈逈柳縷縈簾白日遲
清磬數聲經卷罷風前洗耳貫休詩

和宋馬雲訪踞湖山仇隱君韻

白雲飛盡碧山空屋外夭桃破曉紅幽鳥樹深難隔世
平湖水闊易生風丹光射斗驚朝士酒氣薰林引釣翁
未識鳳書何日下隼旟今已到嵓叢

過友人所居

春紅銷盡綠陰繁簾幙風輕燕子還柳絮漲天清晝永
蛙聲動地白雲閒亭亭鉅筆林間塔隱隱修眉郭外山
不是君家有泉石杖藜那得事躋攀

次韻答彥上人

城郭幽栖鬢欲衰豈堪烟浪隔相知鴻歸絶漠踈來信
鵲噪虛檐辱寄詩黄葛暑煩還御蚤蒲葵晝寂獨揮遲
雖然兩地同明月跂足何由得望之

光福寺用唐顧在容韻

浮圖突兀倚雲中頂冠神珠爍太空地接近村分野綠
天縣落日隔溪紅穹堂廣坐涼消夏絶壁高山夜吼風
齋鉢久虛龍象散上方留得住山翁

甲子歲莫

時序川流齒漸增此身還顧百無能心縣絳闕耽名客夢遶蒼山賞静僧古樹月明深巷雨遠天鴻過矮窻燈平生漫有烟波興擬宿蘆花尚未曾

虎丘用唐李紳韻

闔閭丘墓名空在代遠時殊事不同碑碣已無唐故蹟山林寧有晉遺風刹幡影動青冥外齋鼓聲消莽蒼中若使石頭曾聽法豈能終日並禪宫

代悼亡

清鏡孤鸞曉影沈但傷兒女百年心華堂遺像有時見
瑤席慈容無路尋夜半窻紗明月照架頭巾帨素塵侵
數塋白骨歸黃壤回首人間隔古今

贈艾紉清教授庭暉

故鄉抛擲寓東吳客館淒涼尚讀書縣令棄官猶有酒
先生寄食豈無魚江城春老花飛急槐市風清燕過初
草木想當名已熟往來多識馬相如

無照林亭

累土崇丘作小亭手栽花木滿林坰郡中高樹已全綠屋外遠山才半青過眼榮枯荒圃草到頭聚散野池萍餘生但願身長健杖策時來對翠屏

陽山歸舟中作

小麥青青大麥黃澗松風急夜聲長轎穿細路春泥滑花落清渠野水香嶺上獨留雲作蓋村邊多見石爲梁楓橋寺轉閶門近回首西山已夕陽

讀中峯和尚和潘王璋留題真際亭詩因而有

感遂次韻二首

衆峯序列作愁顏寉髪猨驚尚未閒月滿蘿菴人寂寞

風生松嶺澗潺湲王因問道来天際師爲逃名去世間

獨撫遺編成浩歎水雲無路扣玄關

西峯泉石可怡顏地遠塵蹤日月閒樓觀躭躭橫嵽嵲

杉船矗矗蔽潺湲安危豈在羊腸裏寵辱偏生馬足間

不是名王尊有道閒攜窅從及柴關

贈叔恭

負笈擔簦計已灰歸來蕭寺掩莓苔呼猨别澗曾抛果放隺他山得看梅樵徑雪晴芒屩出江橋風熟布帆開反思身外無窮事不直窻間水一杯

新居次山村先生韻

天地茫茫喜定居莫年應是惜三餘青燈不作前朝夢白首猶觀後世書遼海舊傳千歲鶴謝池今見九州魚清風朗月皆疇侶煮茗焚香足晏如

曉作次韻前人

東旭朝隮萬象明新鴻嘹唳度江城寒花獨對情偏淡
鄰杵幽聞韻更清荒徑草衰秋欲老遠山雲盡雨初晴
半生已作溝中斷潦倒終非待晚成

漫興二首

栖遲久已傍嵒隈駒隙光陰自暗催江國夜寒楓葉落
楚天霜冷塞鴻來清游振策尋花塢野望褰衣上石臺
堪笑人間未歸客摩挲銅狄欲興哀

平生無夢到槐安鏡裏青春鬢已乾霜氣稜稜摧衆草

光風漠漠泛崇蘭塵埃世事隨時變淡泊交情到處難
幾度呼童課經罷看雲嘿嘿倚危闌

淮陰侯

羣雄逐鹿競紛紛虎鬬龍争勢未分背楚棄官皆失義
下齊求國是要君蒯通詭辯誠難信陳豨奸謀豈易論
當日更無鍾室歎豈勝竹帛載元勛

舟中

西出胥門路不賒短篷回首已天涯高林鵲噪青山近

遠岸人行白日斜旛影浮空標野寺耞聲隱谷隔田家十年來往成何事贏得蕭蕭雨鬓華

吳嶺道中

山村人過犬吠竇野澗魚躍泉鳴沙江城雨雪三春莫嵒屋松杉滿地花芳草路邊逢廢井夕陽川上見歸鴉年年寒食偏傷感能上新墳有幾家

垂虹亭

長虹天矯卧平湖奕奕新亭畫不如簷切太空喧燕雀

影搖寒水陰龜魚他山雨過漁歸久别浦潮回月上初今日豈無題柱客會應来此駐軒車

時太初海昌詩卷

旅宦迢遥滄海濱熬波終日役疲民夜窻夢覺驚風雨寒燭吟殘動鬼神攬鏡每傷新白髮把杯還憶舊青春空餘翰墨傳天壤老我林間失故人

畫梅

曾向孤村見此枝杖藜徐步雪晴時香飄野路傳春早

影上山窗礙月遲處士詩存猶可讀逃禪骨朽却難追

棼棼瓊蕊無今古羌笛高樓亦漫吹

秋思

梧桐百尺金井高秋風吹葉聲蕭騷莊生是非付一指

杜老飄零嗟二毛月明江上雁飛急木落窗間人夢勞

非熊自起磻溪釣淮南小山方遁逃

楊州觀音院壁有故御史周公景遠留題一再

讀之令人氣短遂用韻為詩悼之以寓平生交

契之意

拂塵讀罷思悠然詞翰空存逐逝川銀管修文歸地下
玉棺承詔墮天邊聊城丘壟木未拱蕭寺鶯花春正妍
欲致生芻惜無路漫歌風雨度年年

論詩

是非不到白雲中高卧冥冥碧漢鴻典雅始成唐句法
麗豪終有宋人風智愚顧作登壇將茅土偏旌蓋代功
狂妄末流徒好惡豈知到海味還同

山中

寂寥空谷久相容行道何須向别峯山腹引泉因煮茗
嶺頭乘雨為栽松倚天傑閣巢靈鶴徹海澄潭卧毒龍
樵客豈能知住處草堂終日白雲封

寄無功

雨雪霏霏歲暮天路泥活活古城煙出門曳杖難相就
矯首停雲恨莫前瞑色半窗書引睡屐聲盈耳客驚眠
已聞處處添新漲早晚春湖共放船

懷安養師

獨立天涯送落暉故鄉拋擲淚沾衣久知慈父嗟逃逝
早辨識心好賦歸三界竛竮真可弔四生流浪竟何依
白毫今古無私照攝引西馳願不違

欽定四庫全書

谷響集卷三

元 釋善住 撰

五言絶句

丹陽夜泊

趨程前路遠極望雨冥冥夜宿官河口閒田鬼火青

釣者

江上政風雪歸来且掩扉白鷗無覔處終日遶漁磯

幽蘭二首

日長深谷靜蕭艾漫同居莫道閒花草仲尼曾下車

猿嘯楚山晚月明湘水寒濕香吹不起風葉露溥溥

暮入吴山寺

裊裊松陰路萋萋碧草長入門人不見一犬吠空廊

春晚

春光不可駐徒抱惜春心一陣黄昏雨落紅苔逕深

送人還山

偶隨流水出閒趁白雲歸步石苔侵屐攀松露滴衣

庭梅

庭前一樹梅歲久滿身苔不見春風面含香未肯開

月夜聞笛

遂聲何處起獨客易愁絶休將江上曲吹落山頭月

詠雪

片片下遥空千山樹色同衡門政寒餓華屋醉春風

送西白

朝行白猿啼莫行黄葉落迢迢一片心還栖在廬嶽

牧豎

看雲上陂阤晴林露猶滴夕陽呼伴歸騎牛各吹篴

林下

林下清閒極塵中日月忙逸人耽濁酒漁父愛滄浪

春興

冉冉春將暮悠悠日欲殘東風特地惡不道杏花寒

晚晴

白雲起石上隨風自飄揚忽然山雨過小窗明夕陽

幽蘭

氷雪凍不死深林還自芳獨醒人尚遠回首楚天長

約客不至

佳期成不信汗漫復誰招獨立殘陽盡天風鶴駕遥

西齋秋夜

晚雨過江城西齋秋氣清夢回孤枕上無處不蟲聲

秋夕有懷

顏色入遐想方知山水遥音書久不至一鴈度層霄

壺天所作蘭石手卷

靜依蒼石底幽夢遶瀟湘故畹歸何日飄蕭瘦影長

畫梅

夜雪莫能到晴蜂那可來一枝横赤素獨占四時開

有懷

之子寧親去北風江路長水邊成獨立一鳥度殘陽

山中

居山雖無井接竹引清泠絕勝公侯家銀餅牽素綆

秋夕

孤館燈初暗虛窻月政明寒衣猶未補風遞擣砧聲

詠梅

疏花猶在眼長憶倚闌看便欲携筇去北風天政寒

早行三首

宿雨未開霽鷄聲來遠空山川遥莫辨但覺水生風

拂曙駕柔艣溪山行幾重雲昏不見寺依約但聞鐘

夜雨已滑道曉雲猶隱山不須牽百丈搖過沈塘灣

蘭 四首

靈均不可見令我憶瀟湘獨步空林下滿身風露香

草長欲無地國香終有根一花才破蕚蜂蝶盡棼棼

穿雲采清芬竟日不盈把涷雨灑輕塵飈輪幾時下

風葉美無度露花何萎蕤樵人不到處抱石弄幽姿

松雪翁所作躑躅花畫眉手卷

春禽弄幽囀躑躅亞枝紅想愛風光好爭知桃李空

清溪獨釣圖

風急黃蘆晚天寒溪水清苔磯成獨坐應抱羨魚情

訪人不值

日轉北窗陰禽聲午院深幽人入鄽去不道客來尋

友蘭

欲識古君子楚花吾友于因懷蕭散志詩酒老江湖

賈浪仙

忍饑猶覓句每憶賈長江逆旅寒侵骨愁眠雪滿窗

水仙

月下弄瑶瑟雲間吹玉簫凌波引微步翠帶影飄揺

梅竹圖

花魁何崢嶸竹君自檀欒無心競春華氷雪了歲寒

梅花便面

景寒苔作衣香冷玉為骨夢斷湖水濵盈盈蟾兎窟

吴泰伯祠

遺廟荒城裏開扉對碧流寂寥千古上豈獨数巢由

春申君廟

古木鳴鴉集遥山落日明盡知崇廟食不為祝朱英

春興三首

禽聲侵晝寂柳影向風斜苔淨無塵跡飛來何處花

野岸水初緑孤城山更青群鴉亂朝日木杪見殘星

踈踈度寒雨潛潛作輕陰数片杏花落一池春水深

鳩

困雨寂無聲深棲夢不驚朝來晴色好飛並屋頭鳴

清明

春日閭門路惟聞哭墓田茅檐插楊柳墟落起新煙

雨後

小園春雨後碧草美輕寒花片無煩掃新泥尚未乾

獨立

獨立風埃外幽觀桃李春青山久知我天地一閒人

水仙

明月照湘浦翩然凌素波花鈿朗珂雪裙帶舞青羅

黄葵

金杯傾玉露借問為誰乾徒引閒蜂蝶紛紛滿畫闌

海棠

燕脂作紅豔獨立弄春姸雖未成遐舉飄飄骨欲仙

萱草

叢葆揺新緑偏宜樹北堂無花亦小草何事有憂忘

題郭天錫畫山水窠木二首

疊嶂無重数茅茨有幾家杖藜人寂歴流水小橋斜

春風吹不醒塵世豈知名未化牛羊去空山獨老成

六言絶句

冬夕 二首

繁草霜嚴綠減疏星雲盡光寒城頭一聲畫角月落烏啼夜闌

庭樹風鳴槭槭佛燈院靜熒熒翛然面壁孤坐頓覺心如水清

漁者

輕舠泛入蒼茫釣絲與興俱長幾番荻花深處枕蓑獨卧斜陽

山水

山中似有幽逕水面全無落花欲覓青域道士不知何處烟霞

蘇臺晚眺

斷岸人家高樹層巒寺塔残陽江帆不徐不疾遠影天末悠揚

福巖即事

村邊幾株紅樹屋外四面青山終日無人能到孤雲薄暮飛還

秋江釣月圖

遥村煙樹依微獨釣漁翁未歸雨過長江新霽秋空月滿荷衣

墨竹

龍孫抱節落落鳳尾美影亭亭夜半撼牀雷雨翻身直

上青冥

七言絶句

春晩登蘇臺二首

春城草滿緑委蛇牢落殘陽牧馬嘶悵望胥門橋下水如何流出越來溪

姑蘇臺下百花洲一度春來一度遊吳越興亡無限事柳風桃雨不禁愁

經庸叟禪師舊房

幽花古柏冷蕭踈日照迴廊雨過初白髮道師今不見
舊房留得别人居

贈虞秀才

西蜀東吴一水通可憐萬里劇飄蓬如今老去江湖上
應有鄉山入夢中

聞有人歸自東州以四絕寄之

悵悵韶華去不回檻前猶見杜鵑開松陵舊寺知歸久
何事經年無信来

若耶溪畔雲門寺賀監湖邊夏禹祠聞說春遊渾欲遍
錦囊應是有新詩

南北相思餘百里夜深清夢亦迢迢長懷落日秋江上
共看風帆立寺橋

短髮星星迫四旬背時竊得作閒人白雲青嶂堪投老
終不持竿釣渭濵

寄西峯隱者

煙雲出沒弄晴碧中有幽人抱禪寂夜半嵓間風雨来

松花吹滿蒼苔石

病叟

鬢毛垂雪病經年終日呻吟更可憐見說有時天氣好
倩人扶出卧房前

己未夏日襍興 六首

雨過槐陰作嫩涼風迴苔逕楝花香閑門寂寂臨書卷
啼鳥聲中日政長

深紅淡白已隨塵斜雨橫風送却春池上偶来閒照影

霜花吹入鬢毛新

落盡紅芳見緑陰小橋流水雨餘深市樓横笛誰家子

吹得殘陽下遠岑

纖纖碧草與堦齊濃緑陰中杜宇啼花院晝長聽政好

帶聲飛過粉墻西

中庭日午橘花開蜂蝶何知故故来一陣南薰生殿角

亂飄香雪點蒼苔

榴花灼灼欲燒空白晝閒看似夢中鄰叟為耽顏色好

殷勤指點與兒童

春興五首

雨細風柔柳帶輕畫檐乾鵲送春聲故人只在三湘住此去三湘有幾程

朔鴈初歸花欲妍江雲澹澹晚晴天因思剪燭山窻夜香燼雕盤尚未眠

慘别河橋記往年江域幾夜月空圓錦鱗只説吞香餌誰把音書腹内傳

三月江南春日長柳蔭庭院午風涼離懷漠漠深扵海
燕子飛来語畫梁

長日愔愔掩竹房短歌多是詠滄浪堦前漫種忘憂草
逗到憂来不可忘

送人之匡山

鴈門不作宗雷逺白社年来况寂寥唯有匡廬峯頂月
夜深還照虎溪橋

觀鳳兒花有作

殷勤栽得鳳兒花留向閒中玩物華不是松根有餘地
秋光都屬別人家

感舊

風雨蕭蕭送暮春百花開盡草如茵畫梁塵鎖簾垂地
燕子歸來不見人

廢居

當年聞說向天涯回首人間事已賒庭院日長無客到
東風吹落碧桃花

風雨

風雨蕭蕭獨閉門舊交零落幾人存春来草長迷行路
巖壑唯聞虎豹尊

明皇幸蜀圖

鳥道横空翠色新峡猨啼雨客沾巾豈知艷骨歸黄壤
回首河山又屬人

題畫卷

倦行下馬憩嵒中服矢韜弓望過鴻不是陽坡新草緑

豈知沙漠有春風

三高祠 三首

越國謀臣吳國雠如何廟食此江頭扁舟載得娥眉後
却作三江汗漫遊

季鷹倦作東曹掾千里思歸獨鄉東鱸膾蓴羮暫時事
不知塵世幾秋風

聞說松陵此度過長虹偃蹇卧晴波往来不見天隨子
落日西風有櫂歌

春夜宿茅山寺

東風吹散雜華雲，猶點青燈過夜分。山雨瀟瀟人寂寂，不知誰此禮茅君。

晚望

天外晴山擁翠螺，幾家住屋近官河。吳江四月春歸盡，楊柳青青燕子多。

孤雲

倦跡何心化白衣，澗陰松頂漫孤飛。縱然風度他山去

清影依然在翠微

鶴林寺用唐李頻韻二首

青鞵步入翠微間松竹蕭森滿舊山不識使君儂去後
有誰来此伴僧閒

松門窈窕日遲遲坐久寒生古竹枝黃鶴不来山欲老
白雲零落野風吹

息齋居士墨竹

一枝横偃剡溪藤峙鳯停鸞總未能只恐夜窻風葉響

定中驚起寂寥僧

寄嵓栖翁 五首

霜髭碧眼老頭陁陋巷曾經幾度過連月不来城裏住只緣城外好山多

聞師疇昔裂傳冠選佛爭知勝選官從此白雲投老去夜深無夢到長安

千載祖師埋玉地萬松揺動暮濤寒不知月到高峯頂瘦倚枯藤誰共看

白髮山翁歸舊山石牀終日伴雲間有時放鶴穿林去
自有清風為掩關

行腳歸來七十春此生羸得作閒人摩挲老眼山窻底
冷看青天鳥過頻

子固墨蕙

百畆羅生未足多數花一幹自婆娑香名不入離騷卷
爭得僧竇楚調歌

闈角

曉角吹霜海月斜一聲幽夢斷天涯自非慣作沙場客
誰向風前不憶家

友人訪宿

雨滿空山風滿樓故人相過且遲留此生不作江湖夢
莫向燈前話舊遊

哀脩上人

門外遠山青歷歷窻前修竹綠依依夜深明月照空壁
雲滿石牀人不歸

松雪道人畫水村山崦圖

西崦東村景象幽菰蒲深處有漁舟道人不惜豪端力

畫我滄江伴白鷗

琵琶行圖

琵琶清夜動方舟碧葦丹楓兩岸秋何事江州白司馬

尊前聽徹淚横流

柳枝詞二首

幾樹和煙弄曉晴黄鸝飛上試春聲離人豈是無心折

自到風前折不成

愁月悲風沐水湄舞腰猶學楚宫時柔條繫得行人住陌上古今無别離

過林逸人次韻巖棲翁

花邊曾醉少年春白首相過不厭貧近説漢家徵詔急西山猶有卧雲人

梅花次韻三首

盈盈綠美並溪湄高謝羣芳保令姿既有延平香影句

不須重聽鬼仙詞

草棘蘩中寄此身倚闌猶憶去年春枝頭但有黄昏月

冷蕊疎花亦可人

挺挺孤標畫不成倚風凝睇更含情無端夜半高樓遠

吹出江城花落聲

訪人不值

竹下閑門對遠山松聲草色滿窻間想應采藥前峯去

花鳥留連未得還

桃塢閒步

欲寫閒情步水濱杖藜扶我自由身相逢盡是看花者
白首重來有幾人

江天晚霽圖

擔簦野老尋茅店雲擁招提樹插天孤舟泊處白日晚
目極萬里滄江煙

感事

覆雨翻雲事不哀交情誰是舊陳雷夕陽滿地無人見

獨立風前看落梅

曉逢山村先生

錢塘吳苑三百里兩地相思恰五年今日河橋重相見
全家盡載溧陽船

送人之金陵二首

淮甸風高木落時遠遊瓶錫自相隨爭知百折羊腸路
不似長江波浪危

清遊莫憚路岐賒但有雲山即是家此去鳳臺明月夜

西風腸斷後庭花

貽周山人次韻子封先生

重峯疊嶂四面環卜得佳域紫翠間龍樹未高金碗出
游魂夜夜哭空山

晚興

浮圖寒聳碧崖嵬煙雨冥濛晚不開深殿已燈門欲閉
松頭巢鶴未歸來

感舊三首

昔年曾此寄餅盂竟日蕭然一事無幾度小窻人不到
擁書閒對石菖蒲
樓閣嵯峨矗太虛又携巾舄託幽居娟娟翠竹凋傷盡
好向無由節下書
古柏槎牙滿翠苔中庭誰見昔人栽無情歲月如流水
日倚吟身得幾回

畫馬

霜蹄曾蹴河冰裂老齒慣嚼天山雪圉人何事相覊縻

不得沙場流汗血

寄友生

霜餘紅葉遍堦前漠漠陰雲小雪天老至不禁離別恨

屋梁月滿思悠然

詠梅三首

屈鐵虬枝帶蘚枯想應曾識老林逋清標幸是從來瘦

月冷霜寒影更孤

水邊寒影竹邊身寫入霜縑意更真羌笛不吹花亦落

一枝先寄隴頭人

斗轉河横月落時呦呦悲角五更吹分明一枕羅浮夢

只許枝頭翠羽知

訪無照不值

童子開門日已晡隔墻寒木聚啼鳥杖藜不識遊何處

閒却經窻火一爐

冬曉

城角鳴烏天送曙苔堦夜冷蟄無語梅花帳底夢初回

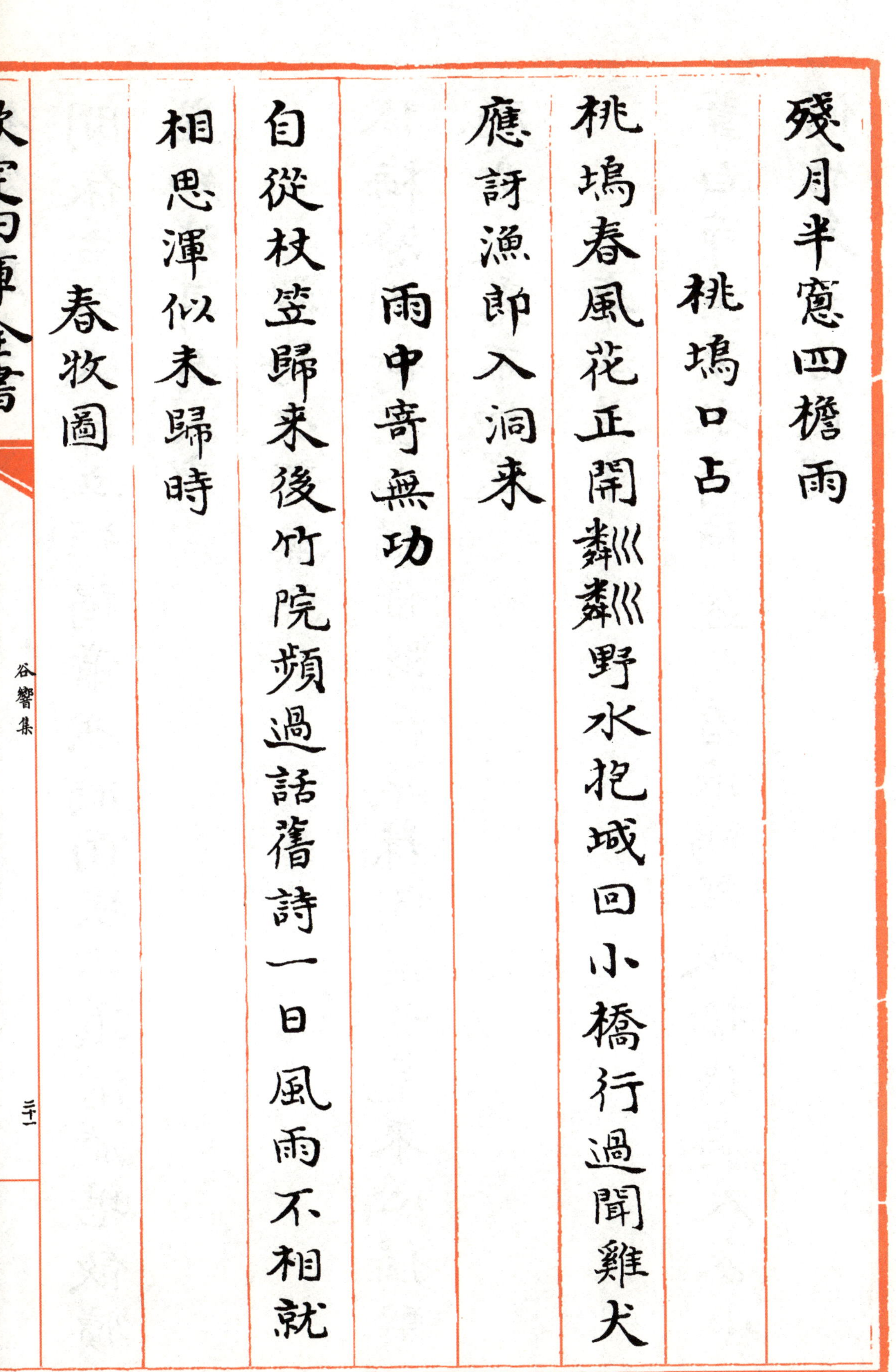

殘月半窻四檐雨

桃塢口占

桃塢春風花正開粼粼野水抱城回小橋行過聞雞犬
應訝漁郎入洞来

雨中寄無功

自從杖笠歸来後竹院頻過話舊詩一日風雨不相就
相思渾似未歸時

春妝圖

閒依古木支筇立短褐蕭然滿面埃只道清流堪飲犢豈知洗耳有人来

觀梅次韻無照

孤梅潦倒倚空山猶保疎花草棘間游子見來心獨醉滿身風露不知還

車溪道中 二首

葦白茆黄溪水清倚篷閒看浪鷗輕板橋横處人家小修竹參天落照明

客裏蹉跎歲欲闌水邉楊栁尚平安夜来已作還鄉夢
滿目西風客櫂寒

水仙

金琖誰將置玉盤仙人掌上露漙漙想應未得凌波去
自嚮堦前弄曉寒

湘江夜泊圖

斷雨殘雲勢未収風翻雪浪打蘭舟無因住近湘江岸
一夜猿聲動客愁

九日

行嚮東籬日欲斜意多世短感年華王弘不送陶潛酒黄菊還開九日花

送人歸馬跡

羈心幾夜怯啼螿旅夢驚回尚異鄉今日東書歸舊隱太湖煙浪正茫茫

春暮雜興六首

草滿池塘絮不飛人間回首已春歸日長獨倚闌干角

閒看晴雲度翠微

緑樹童童暎短墻暮雲靉靆北風涼閒房竟日無来客

自對空王禮夜香

匣内青琴久折絃不將遺譜覔人傳莊生漫說成虧事

琴到無絃韻始全

筠箒休將掃落紅落紅多在翠苔中留連春色無多日

過了東風是凱風

北走京江南具區歸来庭樹已扶踈百年浮世誰非客

閒却牀頭一架書

脉脉輕寒透裌衣東風一夜老薔薇杜鵑聲裏青春盡
多少天涯人未歸

次韻荅人見問

潦倒何堪維祖燈傳衣終是有盧能閒身未得歸嵩壑
聊作人間粥飯僧

宿報恩寺

淒涼塔廟幾經春往事重思跡已陳夜半夢回禪榻上

不知曾是寺中人

奉寄山村先生

江國霜寒木葉飛水深雲窅思依依多年不見先生面
夜夜林間望少微

雲屋山人久別承寄以詩甚慰仰思謹次韻以
謝且堅隱操係仇遠和章附錄於此

月落城空鶴倦飛密雲深樹靜相依閶門北去山如畫
有日同師步翠微

夏日即事

庭樹森沉晚色濃修修寒雨湍踈鐘白雲一片歸飛急

知宿城南若箇峯

懷南游者

故人別我南游去又見堦前春草長故人不來春草死

空勞一日九回腸

郊行次韻無功

郭西春曉宿煙開野色山光撲面來無限城中車馬客

有誰着眼到江梅

次韻山村先生八首

倦行山逕倚長松斷碣眠莎古蘚封只見亂鴉爭樹宿
不知殘日在遥峯

緑楊深處畫橋横風掠平湖碧浪生待得笙歌城郭去
苧袍卭竹自閒行

密掩重門夜不開銅鉼斜浸蚤紅梅琴聲透出寒堂外
引得鄰僧入坐来

驛亭楓樹著霜紅天際冥冥見斷鴻隔岸遠山青更好
淡煙斜日值秋風
安行何必假籃輿竹下松間信所如我亦自知非叔夜
賓朋滿目懶移書
白雪堆頭瘦影長是非榮辱揔難量爭如倚窗青松樹
閒看幽泉出磵忙
静夜横經對短檠郡譙歷歷報寒更宿雲去盡江天曉
紅葉堦前月尚明

綠綺無絃獨賦詩正音雖在懶求知會當結屋孤峯頂
卧聽行人話嶮危

尋梅

寒霧才收霽色浮杖藜徐步遶嵓幽草深不見梅花樹
浩浩雲山呌鷓鴣

幽蘭 三首

夢魂長遶楚江濱却向幽厓見佀人春意未深花未落
莫教輕汚馬蹄塵

九畹荒凉跡已陳眼中蕭艾自紛紛國香不觧傳芳事浮世何人憶楚魂

積雪堅氷凍不摧春風才至即花開纖纖緑葉無人佩空散幽香滿草萊

舟中三首

柳牙桑眼已俱生極目春田尚未耕紗帽絅衣船上坐翛然如在畫中行

青山路轉見紅樓鵝鴨紛紛古渡頭風雨滿天遮望眼

不知何處是杭州

桑鳩夫婦晚相呼天末群山乍有無老大却思探勝槩短篷風雨過西湖

和靖先生墓

處士梅花春尚開湖陰不見鶴飛回青山盡日陪歌笑桂酒何曾及夜臺

湖上

綠雲紅錦兩俱銷急管繁絃滿六橋向晚畫舟沙岸泊

鷺鷥梯浪影迢迢

孤山法師塔

身藏陶器見遺文千載孤高獨有君靈塔尚餘湖水曲梅花紅白自春雲

寓大青蓮寺聽惠因寺鐘

樓中遥見玉岑峰幾夜閒房得暫容我已青蓮来假榻如何又聽玉岑鐘

南高峰頂望越山

閒扶翠竹上岧嶢野日荒荒碧海遥隔岸越山才咫尺
片帆不得渡春潮

莫春雜興十二首

野水浮来半落紅不須惆悵怨東風春歸畢竟歸何處
還在溪光柳影中

門掩東風柳色深暮寒脉脉透衣襟春天最是無憑準
一日才晴一日陰

巖房深掩淨無埃書卷終朝亦嬾開不是春風若多事

柳花爭得入窓来

春雲迤邐覆重城風約雲開漢月明夜半小庭閒獨立

鐘聲才斷又繩聲

花殘片片隨流去絮落濛濛撲面来燕子不知春寂寞

綠楊陰裏自飛回

雨入孤城草木新香紅半逐馬蹄塵却憐杜宇無情甚

不解迎春祇送春

為愛西園水石幽日斜猶並小池頭不知何處楊花落

一點飛来一點愁

公子金衣暎日黄却来窻外囀圓吭宫花未落春猶在
早已無心入建章

老去身心豈惜春但傷泥污落花新清陰滿地韶光遠
猶折踈麻問水濵

天際孤雲尚未還青童争敢掩柴關近緣壞堞摧春雨
得見城西幾尺山

春光欲老緑陰寒稚筍攙空已作竿無限好山都不見

亂雲斜雨滿闌干

紅藥花開春欲歸綠楊陰暗燕爭飛曉來一陣東風雨
又送餘寒上客衣

廢塚

泉臺初掩已茫然況是經今又幾年金玉不知誰發去
石人空倚斷碑眠

寄如鏡師三首

風雨青燈夜對牀月團曾試竹爐湯無因移並皋橋住

不得同師上講堂

綠琴欲奏聽人稀掃地焚香且掩扉春色坐看風雨盡
繚垣重疊長苔衣

稠綠疎紅暎短垣斷雲零雨暗西園日長吟罷無餘事
卧聽松欄鳥雀喧

陽鳥

白草黃雲紫塞長夢回荒磧思凄涼秋来度得江南岸
何處西風無稻梁

四皓圖

商嶺誰知遁跡時紛紛古雪滿鬚眉日長深谷無人到

卧石依松詠紫芝

心山為羽士賦

悄無形景難鐫仰極目撑堂如許高坐嚮松根讀黄老

不知松露滴仙袍

書舊魚梢石湖景後

風艇曾維野岸濵山光漠漠水粼粼如今閒嚮魚梢見

花柳亭臺是舊春

萬里江山圖

巴水沄沄巴峽青月明客淚墮猿聲眼中已識瞿唐路剩水殘山懶問名

西齋即事

亂鴉歸樹夕陽明識面江山隅壞城住處祇緣闤闠近窻間時有馬蹄聲

秋興二首

閑瓣空庭步綠莎夜深人靜月明多秋風陣陣吹黄葉試問秋風奈樹何

幾夜西風葉滿砌燕巢空在鏁塵埃秋歸莫折黄花贈逗到明年又再来

首夏偶成

絺衣欲試寒猶在舜操將彈調未成春色不知何日去絮飛花落總關情

秋江待渡圖

客路悠悠思渺然滿林黄葉滿村烟秋江政晚人爭渡

莫把閒心待渡船

龐德公

鷄從何煩到白雲戔戔束帛賁邱園使君迫我今爲甚

更挈妻兒遁鹿門

孟浩然

北闕無心更上書病多偏詠故人踈非熊不入君王夢

自把長竿且釣魚

李太白

別夢無心隔幾重尊前一笑即相親時人欲識天才妙

試問山陰賀季真

杜少陵

江漢悠悠萬里客乾坤莽莽一沙鷗干戈未息長安遠

白髮相看有蜀州

漫成二首

陶潛但愛杯中物杜預偏憐身後名世上不須論得失

豈知千古有高情

盡將歲月付消搖我亦何心問豆苗谷底白駒如可縶

雲中黃鵠始堪招

宿東塔寺二首

間向僧房看白桃客窻對榻有同袍夜深人静鐘初定

卧聽風鈴語月高

小雨輕風作暮寒香紅亂落滿蘭干青山近隔人煙外

高閣閒登得自看

致道觀

窈窱殊庭曉獨過犬聲迎客出煙蘿朱扉半掩春風定撲撲松花落轉多

舟中

颿輕風熟雨霏霏野岸春融燕子飛昨夜江橋緑水宿滿天華月倍思歸

送虞待制還翰苑二首

臈盡江南野色寒貂裘獨擁上征鞍春風二月中州路

一片鄉心兩處安

翰苑仙人氷玉姿久聞滄海掣鯨鯢自言夜半詞頭下

禁漏聲中月已西

馬三首

風駿霧鬣四蹄輕汗血溝珠眼鏡明棧豆豈淹千里志

望雲時復一長鳴

臆若雙鳧首渴烏嵯峨駿骨世間無天閑老我堪終惠

腸斷秋風苜宿枯

雄姿猛氣真龍種隅目晶熒老陳雲玉蹬金鞍被來好滿身散作五花文

蒲陶手摘

枯莖偃蹇葉參差纍實羅生影倒垂記得去年新摘夜秋風山館月明時

春夜雜興十八首

幾夜春寒入楮衾夢中猶或動微吟孤城月落江天暗燈火青熒小院深

自是疏慵懶出門非關性僻厭趨奔地偏少得人來到
苔徑全無屐齒痕

莫作參差鸞鳳聲俗緣深重道難成龍腰鶴背非無力
自是先生骨未輕

白首人間何所求百年起滅一沙鷗中流兩岸俱無滯
到海還應不繫舟

隟中野馬飛無定空際毛輪色轉新但得蕨漿消宿酒
不知誰是醉中人

淨室常空北海尊新詩從得與誰論不須竹下開三徑
自向松頭學臥雲

東洛相驩歲月多遠遊一夕負岷峩當時不向荆門去
月下誰聞扣角歌

由來老病為良藥藥病兼忘自在人江山一犁新雨足
鵓鳩聲裏柳條春

花夢春寒尚未醒眼中先見柳稍青山行未卜誰為伴
臥向西齋看畫屏

朴散醇漓少古風儀秦鼓舌可爭雄攫金逐鹿皆能事
誰識羊裘負擔翁

昨夜三更夢大刀曉隨歸思度春潮高飛未必逢矰繳
湘水湘山恨不銷

寒生細户雨絲絲開過餅梅未有詩碧樹飛來何處鳥
一聲聲是怨春遲

琴水清遊已隔年夢中泉石尚依然白龍祠下藤千尺
倚樹拏雲欲上天

京口歸來歲月賒杖藜猶憶訪烟霞何時再到龍游寺
閒看江豚出浪花
春入蕁江長緑波白鷗飛處鷺曾過半山落日長橋外
沙岸漁舟曬網多
膠峰老宿歸應久許我筇枝未寄來尊者若能歸掌握
水邊松下共徘徊尊者竹名
夜雪霏霏落凡溝冐寒乘興上孤舟當時若使見安道
誰說山陰有勝遊

辯才已老猶臨帖子美雖貧不廢詩最是世間清勝事
此中風味少人知

贈别

斷蓬落葉易西東聚散由來古昔同一夜寒蛩啼到曉
聲聲都是怨秋風

寄無功

平生落落少人知地近情親僅有師來往風流如昨日
相看今已鬢成絲

月夜

淅淅涼風熟稻天星河明潤夜蕭然固知月色難長好終有礁聲似往年

詠竹

雪老氷枯草木衰石根摇影自萎蕤無心去作中郎笛何况淩雲化葛陂

子固墨梅

王孫骨朽渺難追千古終無兩補之應恨楚騷成脱略

自將霜楮寫橫枝

春日雨中至福嚴精舍

春泥路滑轎行遲滿目青山揔是詩兩度入山皆遇雨未知何日值晴時

陽山道中二首

泰定甲子二月初九日余與友人圓大虎游陽山北阜過尊相寺聞有禪者縛屋峯頂遂捫蘿而上至雲泉亭掬而飲焉甘涼可咳得

禅者於石室中為余相勞苦煮茗為供既而語散殘陽已掛樹梢矣因以二絶紀之

一掬雲泉漱齒涼小亭幽絶背山陽道人自鄉峯頭住閉戶不知春日長

雨餘春澗水爭分野雉雙飛過古園眼見人家住深塢梅花遶屋不開門

春日雜興八首

院柳亭亭翠掃空夕陽澹澹照東風梅花零落無心問

愁絶鶯聲到枕中

野塘風緊漲漣漪桃李春寒發尚遲山色晚晴青不了倚筇忘却立多時

湘雲碎剪作春衣步入青山暎夕暉我已無心事獻獵野禽何事亦驚飛

惻惻輕寒剪剪風白雲飛盡小庭空晚來誰展元暉畫一簇春山細雨中

閒房深掩靜無譁石銚濃煎飯後茶但見玉英飛滿地

不知何處落來花

清明漸近緑楊柔刺水蒲牙蚕已稠沙上晚來風景好
鳧鷺相逐自沉浮

獨卧深雲静掩關四圍脩竹滿窻山橋危路險無人到
唯有孤雲自往還

莫見花飛但惜春豈知老却夢中身一聲杜宇來深樹
愁絶天涯淪落人

讀史

龍輿遠幸路間關扈從言歸豈等閒西内南宫雖不異
上皇何日得開顔

夜思

夢鵲驚飛叫不休聲聲還繞舊枝頭墻東一片梨花月
又逐笙歌上水樓

漫興四首

夢裏生涯事萬殊覺來莫道世間無薰風長得連天草
滿目秋風草又枯

一枝仙桂偃蟾宫出入常存掌握中赫赫炎炎能幾日
到頭終是有秋風
貧富由來不兩岐古今何事少人知但令海内無貧者
誰信人間有富兒
已將身世付悠悠枕石眠沙具自由世上盡知騎馬貴
不知誰肯學騎牛

雨夜

寒燈孤館夜迢迢斜雨敲窗轉寂寥惆悵東風空自惡

不吹明月上花梢

偶成二首

紙閣餘寒去尚遲淡雲香雨苦催詩無知草木猶春色
老石蒼蒼只舊姿

两两鳴鳩報曉晴病資藥物遇清明有時步出長廊下
童子唯尋拄杖聲

秋夕獨坐

木葉蕭蕭夜向深寂寥燈下百年心雨昏不見沈西月

遶屋秋風何處礁

登白雲見寄四首

泰定甲子歲二月初二日予與諸公送白雲閒赴陽山福嚴精舍繙閱藏教然影不出山者三年始可訖事予時與之言别因謂白雲巖桂花開又當候予於此夫及秋予以書經不果往雲以二詩見促倚韻答之

巾鉼欣得寓煙霞遶屋青山引灌花早晚杖藜終赴約

夜床無惜建溪茶

駒隙光陰信有涯遁身巖壑似蓮花篆烟晨碧經初夢

童子開簾已送茶

山院秋風丹桂開同人訝我未能來豈知自寫金仙教

終日開門拚綠苔

閶闔門西帆曉開我儂猶憶送君來想應舊日存行跡

落荒鳴蟲半是苔

過如鏡師房

寒竹蒼蒼菜滿園西風黄葉擁籬根不知杖屨歸何日已有詩人來打門

擬塞上曲二首

金笳吟月夜將分萬里群嘶徹陳雲戍卒半成邊地土麒麟閣上畫將軍

漠漠黄雲闗塞秋邊人八月擁貂裘偶來飲馬長城下沙底泉清見髑髏

次人病中韻

卷衣力疾度淮河鄉路超遥旅思多歸到秋城舊茆屋
日長欹枕擬陰何

紅白梅花同餅

粉面桃腮一種芳净瓶斜插獻空王晚蜂亂觸西窓紙
為愛寒香滿竹房

秋夕

鮮鮮涼月滿幽軒堦下蟲鳴草露繁夜半秋風入庭樹
夢中認作海濤翻

送人歸杭

涼稻翻風江欲寒新鴻尚隔楚雲端一輪皎潔西湖月好去松根石上看

青塘舟中

夕陽川上樹交加碧影沉沉徧水涯村路不知行幾曲扁舟但覺往來賒

宿西靈寺

夜堂燈暗亂蟲鳴深月何心隔牖明蝴蝶夢回歸思作

畫樓時送曉鐘聲

竹枝詞

西閶門外多楊柳寄語休將伐作薪雖是年年苦攀折
也勝徒手送行人

念昔游次韻

短褐蕭然兩鬢疏閑門終日臥于于有時夢逐玄真子
箬笠蓑衣釣太湖

池亭即事次韻山村先生二首

赤鱗同隊戲漣漪坐上清風貼翠帷何事秋來鬼蝴蝶
翩翾多在鞠花枝

欄前嘉木減春華羸得殘陽映碧枝漫說楚蘭堪作佩
秋風滿目不開花

冬日偶成三首

清霜欲重小春天楊栁蕭疎帶曉烟無奈東皇苦多事
又傳春信到梅邊

北風吹水日銜山點點飛烏接翅還陌上櫂歌聲不斷

樓頭新月一梳彎
東林送客白猨啼猶憶童牙誦此詩今日凄涼身已老
風前聽徹不勝悲

感舊二首

緑楊蕭瑟颭秋風客去門間酒琖空夜半月明坐綺席
不知誰在畫楼中
門外無人繫紫騮夕陽殘柳尚風流想應愛客心還在
不得尊前共白頭

芍藥

金鷄出海曙光寒緑蕚紅苞露未乾溱洧有人堪折贈廣陵無使到長安

松逕

謖謖鮮飈拂樹鳴杖藜徐步介然平哦詩不覺衣巾濕元是鶴巢仙露傾介戛音

元貞初予留報恩寺嘗手植四樹於庭特毫髪耳自徙居於此往來凡三十餘年今樹已各環

抱予不得不老矣遂賦二絶焉

初從毫髮移來種倚檻閒看過屋長不是地靈能愛惜

肯教十載作陰涼

此地無心夢大刀每來多是訪同袍如何不使閒身老

樹已庭中若許高

題劉商所作觀奕圖

塵世清閑從古少山林歲月自來多蕭然一局青松下

能使樵人爛斧柯

寄如鏡師五首

西園常憶共登臨此日回頭歲月深只有緣琴堪寫恨水絲零落素塵侵

竹房荒圮尚爲鄰清話何時對故人想得東風三月暮青鞵自踏小園春

春風庭院雪初消僕老猶能拾墮樵九節菖蒲卷石上白頭相對長新苗

松間清坐隔凡塵堦下神芝五色新侍立小童温似玉

抱琴終日自相親　題師畫象也

古壜星燈耿泬寥数行歸雁度曾霄石鑪香盡琴初罷百尺松頭月正高

曉行至長安堰往往有力者先過因而濡滯久之

過埧始知饒有力居閒終是讓無營縱然夜宿長安鎮明日扁舟入鳳城

橫山道中

野外霜晴盡刈禾夕陽紅處亂山多筍輿幾度穿林過
時有驚禽出薜蘿

解嘲

人人盡説虞公死我亦雖聞獨未然今日世情論好惡
豈知禍福本由天

後赤壁圖

眼中風物舊曾過歲月重游復幾何長嘯一聲天上去
月明千古屬江波

晴雪圖

遙峰引睇白紛紛高樹鳴禽揔不聞夜半江風應更急好維舟檝醉芳尊

送王仲通歸大名　五首

端淳遺逸逝波傾父老猶能記姓名餘澤未衰光耀遠子孫多得值文明

苧袍練練暎烏靴鏡裏光陰鬢已皤莫訝名門鄉黨敬豈知雙眼識人多

五十餘年湖海心青雲多是舊知音一官為老炎方久
鄉路時時夢裏尋
雙眸曾向野人青寥宇相逢水上萍書斂北歸聲問遠
月明何處認文星
客囊金盡縈歸策眊老吳雲雪半簪蘭玉滿庭朱紫貴
夜窗風雨話江南

梅花相思

羅浮山月滿萏枝翠羽雙雙欲下遲千古天教長會合

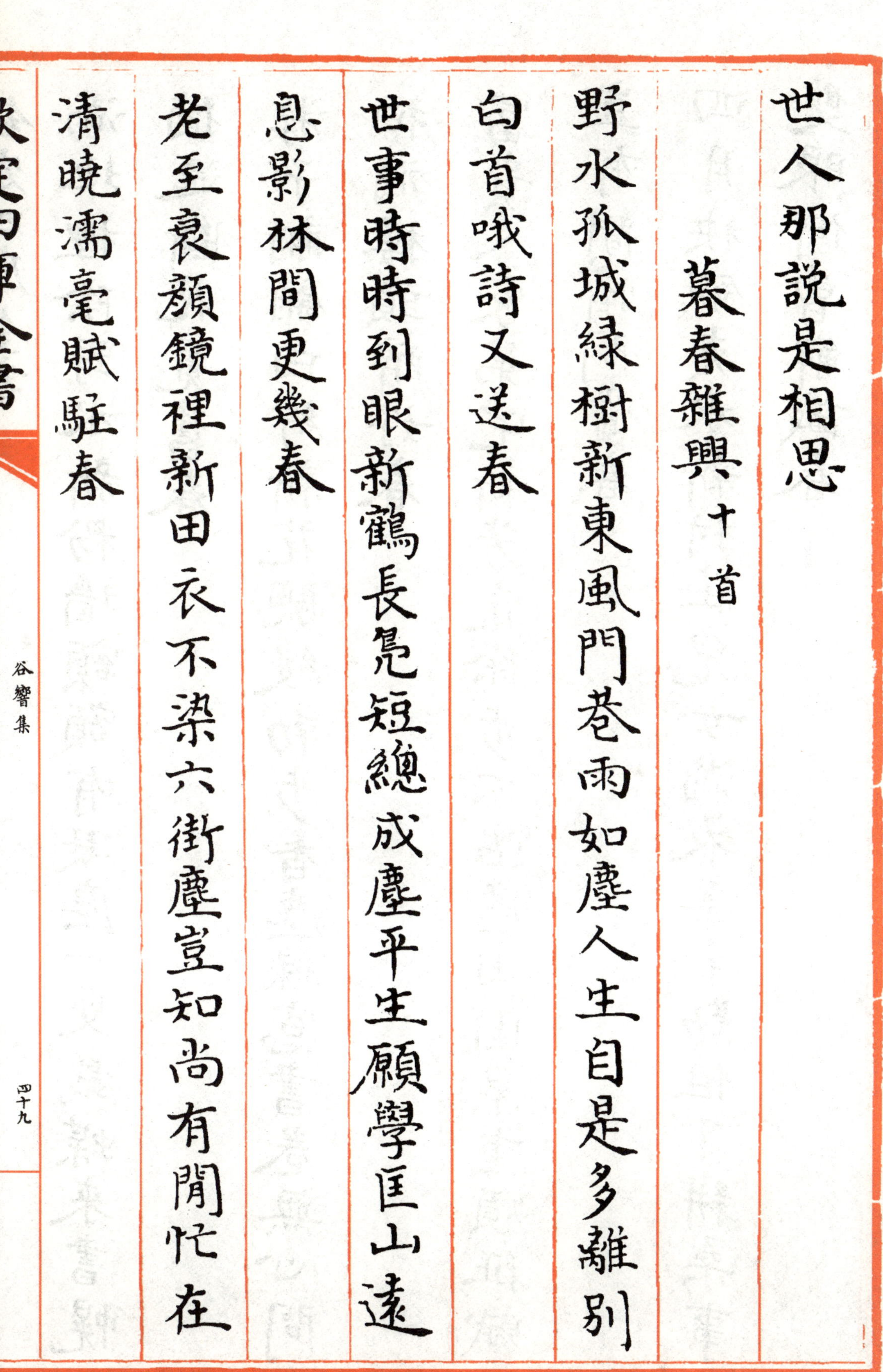

世人那說是相思

暮春雜興十首

野水孤城綠樹新東風門巷雨如塵人生自是多離別
白首哦詩又送春

世事時時到眼新鶴長鳧短總成塵平生願學匡山遠
息影林間更幾春

老至衰顏鏡裡新田衣不染六街塵豈知尚有閒忙在
清曉濡毫賦駐春

滿地檉陰野水新粉墻額額有凝塵一雙戲蝶來書幌
猶逺斷花覔舊春
游子翩翩白紵新花驄緩勒步香塵緑窻書卷無心問
拍酒樓頭醉好春
富貴人家第宅新芳庭徐步不沾塵田園累重煩征賦
豈有閒情問賞春
四月秧鍼夾水新村莊兒女滿衣塵辛勤但了耕桑事
雙眼何曾解識春

折得朱櫻擬薦新像前先拂几間塵晝燈的的含光永
萬古山房不夜春
好客相過語笑新偶逢凡俗眼中塵漫將甲子從頭數
白髮無成五十春
失喜朝來得句新篇成惟恐染凡塵自妝草上藏筠篋
且啜花甕雪乳春
春字十絶無功已嘗見和子虛諸公亦蒙見和
復用元韻為詩十首荅之

眼驚篇什思清新錦繡心腸語不塵好跨玉龍遊汗漫
朗吟閒看十州春

景入清和天氣新燕穿簾幙隨梁塵莫言四月芳菲盡
猶有孤花爲表春

移家青犢小車新輕輾長衢影絶塵幸有山妻帶雞狗
仙翁頭白不勝春

時事驚心笑屢新剛腸難詘倦隨塵平生竹葉元無分
老貌雖紅不是春

江上晴山騾髻新蒼龍觀闕久埃塵美人自去為雲雨
三十六宫瑶草春
憶昨山中雨霽新緑陰冪冪步無塵歸來静掩薫風户
李白桃紅夢裡春
溪藤書罷墨痕新棐淨窻明絶點塵閒對佳賔捉松栢
清譚四坐可回春
數聲烏舅曉來新回首韶光隔幾塵漫説壺中天地别
豈知猶有武陵春

無累無營鶴髮新錐刀利祿等浮塵榮枯付與閒花草
老幹限宮冷笑春
世夢紛紛幾度新沃焦落后海楊塵夷齊骨朽名還在
歲歲年年薇蕨春

再以前韻寄無功五首

緑綺初調弦索新畫長松户淨無塵蒼苔滿地無來客
妙指能回萬古春
汲古工夫減日新豈堪無事踏黄塵鬢毛白盡眉毛白

老伴無多惜好春

相逢傾蓋白頭新此道今人委路塵來往風流成二老

矮窓清對話殘春

風俗年來日日新莫將心地涴情塵橫翔斗上皆餘事

共樂林間未老春

識浪幽觀不住新豈知影象鏡中塵頂門迸出摩醯眼

優鉢華開刻外春

西郊初夏

拂拂薰風燕語新路無車馬動芳塵莫言水國韶光盡
野店糟床別有春

吴山寺

碧瓦鱗鱗梁棟新世尊前殿向蒙塵槎牙老樹空庭下
卧看行人不記春

寶帶橋晚興

徙倚江橋野興新半山落日雨清塵如何南北舟中客
水宿風餐過却春 已上三首和前人

李遵道畫枯木竹石

老幹崝嶸立天壤河漢悠悠無夢想幽篁石底澹相依
應見烏犍摩背癢

寄如鏡師二首

靜極幽花有暗香靈禽語滑晝初長自言為愛三株樹
又展窓西一帶墻
雨後芳園蘚色濃落紅顛倒滿行蹤近來眼界緣空闊
得見鄰墻幾樹松

雪次韻子虚

誰剪氷花散玉京夢回疏牖作空明豈知白首寘搜者欹枕迢迢聽漏聲

遣興二首

茫茫碧海尚揚塵落落蒼松合化薪若使金錢堪買命世間應更少閒人

横黄曳紫仕途遊寵辱驚心易白頭身後功名半張紙夢中生死一塲愁

次韻答無功見寄六首

宇内無因遇子期匣琴絃斷亦多時夜牀燈火難相對
風雨勞君入夢思

景薄桑榆良可愁江山如待倦追遊眼前事往皆成夢
鏡裡徒添雪滿頭

半生自分草茅居衣食隨緣豈願餘謁肆買書心已懶
柳橋槐市跡全疎

瀛海飄零歲月賒每覩落日即思家導師大願深如海

終亦西池占一華

南國多年傍水居且無䰟夢適商於塵中趨競非吾事

擁篲殘陽自掃除

漆髩霜侵曉鏡新𢿱袍勤拂舊埃塵瓦瓿分得松陵水

石鼎先烹顧渚春

竹石

風葉刁騷弄晚涼影傳纖素豈聞香石根穉子才穿土

蚤已能齊老幹長

詩餘

臨江仙 春暮

燕子穿簾深院靜晝闌飛絮濛濛砌苔柔緑襯殘紅問春何處移在栁陰中　老至十分詩思減滕閒閒理絲桐曲終聲盡意無窮杜鵑開了餘恨寄南風

浣溪沙 初夏

草滿天涯春已歸緑槐陰裏燕交飛一池寒水照薔薇枕上北風吹夜雨燈前西院打窻扉曉來人盡説添

衣

浣溪沙 夏日

簾捲薰風夏日長幽庭脈脈橘花香閒看稚子引雛鶯

四月雨涼思御裌三吳麥秀欲移秧不知身在水雲鄉

卜筭子 秋夕

夜月照西風露冷梧桐落楊子江頭朔雁飛黃葛終難著

促織弔青燈遠夢驚初覺擬撫慿闌綠綺琴寂寞

無絃索

朝中措　虎邱懷古

芳塘水滿綠楊風臺殿隱朦朧幾度春来幽逕馬蹄踏碎殘紅　寂寥廣坐塵埃漠漠客散堂空講石雨苔侵遍九原誰起生公

菩薩蠻　燈夕次韻

當年老子逢佳節萬户華燈連皓月和氣滿江城喧喧隊子行　掩關聊共坐静對沉香火一笑盡君歡閒心

無兩般

朝中措 桃源圖

桃源傳自武陵翁遥隔白雲中漫説人間無路豈知一棹能通 紅英夾岸霞蒸遠近爛熳東風將謂仙家境别鷄鳴犬吠還同

憶王孫 漁者

悠悠世事幾時休身後身前豈足憂天地都来一釣舟下中流卧看青天飛白鷗

憶王孫 山居

半生長是白雲間猿鳥漁樵共往還倚箇喬松看遠山少機關世上何人似我閒

憶王孫 有懷

天涯芳草碧萋萋何事王孫去不歸城郭雖是人民非信音稀幾度無言對落暉

憶王孫 詠柳

一株閒傍霸陵橋斜倚東風學舞腰游子尋春駿馬驕

欲䰟銷和雨和煙折翠條

少年遊　次韻

頂中玄髮已成絲回首不如歸浪宕人間蹉跎歲月清夢遶西池　百年光景無多日七十古來稀物外閒身眼前塵事休把誤心期

謁金門　贈雕鑾匠

天賦巧刻出御非草草浪跡江湖今欲老盡傳生活好　萬物無非我造異質殊形皆妙游刃不因心眼到一

時能事了

谷響集卷三

總校官候補知府臣葉佩蓀

校對官編修臣蔡廷衡

謄録監生臣張曾詒

圖書在版編目（CIP）數據

谷響集 / (元) 釋善住撰. — 北京：中國書店, 2018.8

ISBN 978-7-5149-2106-9

Ⅰ. ①谷… Ⅱ. ①釋… Ⅲ. ①古典詩歌 - 詩集 - 中國 - 元代 Ⅳ. ①I222.747

中國版本圖書館CIP數據核字(2018)第085032號

四庫全書·别集類

谷響集

作　者　元·釋善住　撰

出版發行　中國書店

地　址　北京市西城區琉璃廠東街一一五號

郵　編　一〇〇〇五〇

印　刷　山東潤聲印務有限公司

開　本　730毫米×1130毫米　1/16

印　張　19.5

版　次　二〇一八年八月第一版第一次印刷

書　號　ISBN 978-7-5149-2106-9

定　價　六八　元